rororo

Steffen Weinert wurde 1975 in Landsberg am Lech geboren. Nach dem Abitur arbeitete er zunächst als Regieassistent und studierte dann an der Filmakademie Baden-Württemberg. Heute lebt er als freier Drehbuchautor und Regisseur in Berlin. Für seine Filme erhielt er zahlreiche Auszeichnungen, u. a. für den Kurzfilm «Der Aufreißer». Sein Langfilm «Finn und der Weg zum Himmel» wurde für den Thomas-Strittmatter-Drehbuchpreis nominiert.

Steffen Weinert

DIE NETTEN SCHLAFEN ALLEIN

Roman

Rowohlt Taschenbuch Verlag

2. Auflage Dezember 2016

Originalausgabe
Veröffentlicht im Rowohlt Taschenbuch Verlag,
Reinbek bei Hamburg, Dezember 2016

Redaktion Ann-Kathrin Schwarz
Umschlaggestaltung any.way, Barbara Hanke / Cordula Schmidt
Umschlagabbildung Kai Pannen
Satz aus der Adobe Garamond, InDesign,
bei Pinkuin Satz und Datentechnik, Berlin
Druck und Bindung CPI books GmbH, Leck, Germany
ISBN 978 3 499 27264 6

Die Netten schlafen allein

1

«Ach Christoph, wollen wir nicht einfach Freunde bleiben?», fragt die junge Frau und blickt den jungen Mann, der da in frisch gebügeltem Hemd und mit erwartungsvollem Dackelblick an ihrem Küchentisch sitzt, mitfühlend an.

Die Frau ist Inga, Anfang dreißig, lange braune Haare, Sommersprossen, Schmollmund, kurz: eine der schönsten Frauen des Planeten.

Und der Mann bin ich. Christoph Herrlich, 33, durchschnittlich groß, durchschnittlich attraktiv, Erzieher in einer Berliner Kindertagesstätte und, wie ich gerade eben erfahren habe, jetzt wieder Single.

Als Inga mich heute Nachmittag anrief, um mir zu sagen, sie müsse etwas total Wichtiges mit mir besprechen, und fragte, ob ich nicht später kurz vorbeikommen könnte, dachte ich sofort: Schwanger! Ganz klar, was sonst? Sie bekommt ein Kind von mir! Ich werde Vater! Wie großartig ist das denn?!

Und da für mich «schwanger» gleichbedeutend mit «Familie» und «Familie» gleichbedeutend mit «Heirat» ist, hatte ich mich darauf vorbereitet, Inga einen Heiratsantrag zu machen, sollte es die Situation erfordern. Wir kennen uns zwar erst seit kurzer Zeit, aber als ich Inga das erste Mal sah, war ich mir absolut sicher, dass sie diejenige ist, auf die ich so lange gewartet habe. Also warum nicht gleich Nägel mit Köpfen machen? Sogar einen Ring habe ich dabei. Zwar nur einen aus dem Kaugummiautomaten, aber als Symbol würde der vollkommen reichen. Oder besser gesagt, er hätte gereicht, denn daraus wird ja nun nichts. Innerhalb kürzester Zeit hat Inga nicht nur unsere Beziehung zerstört, sondern auch unser ungezeugtes Kind auf dem Gewissen. Und da hat sie tatsächlich noch den Nerv, mich zu fragen, ob ich mit ihr befreundet sein will?!

«Christoph?» Ingas Stimme reißt mich aus meinen trüben Gedanken. «Hast du gehört, was ich gesagt habe?»

«Freunde? … Okay. Klar. … Ja, finde ich super!», höre ich mich sagen.

Sie lächelt erleichtert. «Puh. Ich hatte ehrlich gesagt befürchtet, dass du es nicht so gut verkraftest und jetzt voll die Szene machst.»

«Ach was, warum denn? Es gibt doch gar keinen Grund», sage ich bemüht lässig und fühle mich dabei sehr reif und erwachsen. «Eine Freundschaft ist ja auch sehr viel wert. Vielleicht werden wir ja sogar beste Freunde, Besties sozusagen, hm?»

«Äh, ja, vielleicht», erwidert Inga mit leichter Beunruhigung in der Stimme. «Eigentlich habe ich ja schon genügend beste Freunde. Aber wer weiß, mal sehen …» Sie steht auf, rückt ihren Stuhl zurecht und öffnet die Tür zum Flur. «Trotzdem prima, dass wir das so schnell klären konnten. Ich bring dich noch raus …»

Da ich aber keine Anstalten mache, mich von der Stelle zu rühren, blickt sie mich befremdet an. «Äh, okay. Willst du vielleicht noch ein paar Minuten sitzen bleiben, um alles sacken zu lassen?»

Ich nicke zaghaft.

«Überhaupt kein Problem. Du weißt ja, wo der Ausgang ist.»

Sie dreht sich um und verschwindet, ohne ein weiteres Wort zu verlieren, im Bad. Und mit ihr gehen all die Hoffnungen, Träume und Wünsche, die ich in diese zarte, aufkeimende Knospe einer neuen, großen Liebe gesteckt hatte. Ich bin kurz davor, einfach loszuheulen, doch im letzten Moment kriege ich noch die Kurve und reiße mich zusammen. So schnell will ich dann auch nicht aufgeben.

Als ich ins Bad trete, ist Inga gerade dabei, Wäsche aus der Maschine zu holen und aufzuhängen. Kurz entschlossen ziehe ich ein nasses Höschen aus der Trommel, um ihr zu helfen.

«Danke, aber das ist wirklich nicht nötig», sagt sie spröde und nimmt mir das nasse Höschen wieder aus der Hand.

«Geht doch viel schneller zu zweit», will ich sie überzeugen und versuche, mir das Höschen wieder zu greifen, doch Inga zieht die Hand weg und blickt mich humorlos an. Selbst ich kapiere, dass es ihr eigentlich lieber wäre, wenn ich jetzt einfach ginge. Mir rennt die Zeit davon.

«Meinst du, dass sich irgendwann noch mal etwas ändert an deiner Entscheidung?», frage ich mit einem flehenden Unterton in der Stimme, den ich so aber ganz sicher nicht beabsichtigt habe.

«Nein, ich glaube nicht.»

«In ein paar Wochen vielleicht? Oder Monaten? Oder Jahren?»

«Ich glaube, das ist eher unwahrscheinlich.»

«Unwahrscheinlich. Also nicht ganz ausgeschlossen?»

«Doch, es ist ausgeschlossen!»

«Gerade hast du gesagt, es sei nur unwahrscheinlich», stelle ich klar.

Inga sieht mich ernst an. «Christoph, ich mag dich echt gerne …»

Oh, was kommt jetzt?

«Du bist so ein netter Kerl …»

Nett ist immer schlecht.

«… und die zwei Mal Sex waren auch so weit okay.»

Drei Mal! Egal.

«Aber ich empfinde einfach nichts für dich.»

Peng. Breitseite. Gegen die Gefühle einer Frau kommt man schlecht mit Argumenten an. Ich versuche eine andere Strategie.

«Ach, das kommt mit der Zeit», sage ich so souverän, wie ich nur kann.

«Das glaube ich nicht», erwidert Inga mit Nachdruck.

«Doch, doch, da bin ich mir sicher.»

«Christoph! Nein! Schlag dir das aus dem Kopf, ja?»

«Ja, okay, ist gut», sage ich beschwichtigend, um ein wenig den Druck aus der Diskussion zu nehmen.

«Gut, und jetzt möchte ich, dass du gehst.»

«Was? Du schmeißt mich raus?»

«Ja.»

«Aber … aber vorhin hast du gesagt, ich kann noch ein paar Minuten bleiben, wenn ich will», sage ich erschrocken.

«Das war vorhin, und jetzt ist jetzt. Und jetzt will ich, dass du gehst!», erwidert sie ernst.

Ich lache unsicher. «Echt? Kann ich nicht noch ein bisschen dableiben?»

«Nein.»

«Ich setze mich auch in eine Ecke und bin ganz still.»

«Nein!»

Aus purer Verzweiflung greife ich nun zum letzten Mittel, gehe vor ihr auf die Knie und ziehe den Kaugummiautomatenring aus der Tasche.

«Ich liebe dich, Inga! Ich will Kinder mit dir! Ich will mit dir alt werden!», sage ich mit ergriffener Stimme und lege alles, aber auch wirklich alles, was ich schauspielerisch aufzubieten habe, in diese drei Sätze.

Inga schüttelt den Kopf. «Das ist jetzt nicht dein Ernst, oder? «Sie dreht sich um und will das Bad verlassen, doch ich umklammere ihre Beine, als wäre ich ein Schiffbrüchiger und sie die letzte umhertreibende Planke.

«Lass das. Lass mich los!»

Sie versucht, sich zu befreien, doch ich klammere mich noch fester an sie.

«Lass los, hab ich gesagt! Oder ich werde ungemütlich!»

Und wie um ihre Ungemütlichkeit unter Beweis zu stellen, reißt sie sich mit einem Ruck los und knallt mir dabei mit voller Wucht das Knie gegen den Kopf. Mir wird schwarz vor Augen, ich kippe um und bleibe reglos liegen.

«Ups, das wollte ich nicht!», sagt Inga, beugt sich zu mir herab, verpasst mir einige leichte Schläge auf die Wange und rüttelt an meiner Schulter. «Christoph? … Christoph?» Ihre Stimme klingt zunehmend besorgt.

Sehr gut. Die Sorge ist der kleine Bruder der Liebe. Ich muss diese Gefühlsregung nutzen. Nach einigen Sekunden öffne ich die Augen und blicke sie schmachtend an.

«Pfleg mich, Inga! Bitte!»

Inga reißt daraufhin ganz offensichtlich der Geduldsfaden. Wütend richtet sie sich auf.

«Hannes!», ruft sie, und ihre Stimme überschlägt sich dabei. «Du kannst jetzt rauskommen. Wir haben hier ein Problem.» Das verwirrt mich dann doch einigermaßen.

«Äh, Entschuldigung, wer ist jetzt bitte Hannes?»

Die Antwort tritt einen Moment später aus ihrem Schlafzimmer. Hannes ist ein hünenhafter Typ, mit raspelkurzen Haaren und einem niedlichen Babygesicht, dessen mutterinstinktaktivierende Wirkung er aber ganz eindeutig durch das Anbringen besonders bedrohlicher Tattoos auf seinen baumstammbreiten Oberarmen zu kompensieren versucht hat. Hannes bleibt wenige Zentimeter vor meinem Kopf stehen, blickt dann grimmig auf mich herab und spannt dabei seine Muskeln an.

Mit Muckis zu protzen ist echt oberarm, fällt mir spontan dazu ein, doch ich halte mich vorerst zurück und warte ab, wie sich die Situation entwickelt.

In Gastgebermanier breitet Inga die Hände aus. «Darf ich vorstellen: Hannes, mein neuer Freund, Christoph … ein Bekannter.»

«Wie jetzt, dein neuer Freund?», frage ich verdutzt und immer noch am Boden liegend.

«Mein neuer Freund!», wiederholt Inga. «Was genau gibt's da jetzt nicht zu kapieren? Hannes und ich haben uns am Wochenende kennengelernt und sind jetzt zusammen.» Sie tritt zu ihm und schmiegt sich zärtlich an seinen massigen Körper. «Er ist Eishockeyspieler.»

Hannes ist sichtlich stolz und grinst mich mit dümmlichem Gesichtsausdruck an. Von meiner Position aus kann ich durch seine Nasenlöcher bis ins Innere seines Schädels blicken, und was ich dort sehe, beunruhigt mich zutiefst: nichts als gähnende Leere.

Ich merke, wie Wut in mir aufsteigt. Erst langsam, dann mit zunehmender Intensität.

«Und der Hannes war also jetzt die ganze Zeit in der Wohnung und hat unser privates, sehr, sehr vertrauliches Gespräch belauscht?», frage ich mit vermutlich hochrotem Kopf.

«Ich habe Hannes zur Verstärkung geholt, weil ich schon damit gerechnet habe, dass du Probleme machst …»

«Dass ich Probleme mache? Entschuldige mal! Ich habe noch nie in meinem ganzen Leben Probleme gemacht!», schreie ich empört. «Ich war bisher noch nie das Problem, sondern immer die Lösung!»

Die leicht erhöhte Lautstärke meiner Stimme ruft sofort Hannes auf den Plan. Er stellt sich schützend vor Inga.

«Ich glaube, es ist besser, wenn du jetzt gehst, Christoph», sagt er in einem Ton, als würde er einen kleinen Jungen zurechtweisen, der – statt wie vereinbart den Rasen zu mähen – in den Gartenteich mit den Kois uriniert hat.

«Pff. Ich gehe nirgendwo hin, du Fleischklops», erwidere ich unbeeindruckt und verschränke die Arme vor der Brust. «Ich bleibe genau hier liegen. Wenn ihr mich loswerden wollt, dann müsst ihr mich schon rausschmeißen.»

Sich wegen einer Frau zum Affen zu machen, ist die eine Sache und bescheuert genug. Aber sich mit einem Typen anzulegen, der doppelt so groß und drei Mal so breit ist wie man selbst und der zudem den größten Teil seiner Zeit damit verbringt, andere Fleischklopse gegen die Bande einer Eisfläche zu checken oder ihnen gleich mit einem gezielten Ellenbogenhieb den Kiefer zu brechen, legt die Vermutung nahe, dass wichtige Überlebensmechanismen nicht einwandfrei funktionieren.

Nach meiner Aufforderung fackelt Hannes nicht lange, packt mich am Kragen, schleift mich erst durch die Wohnung, dann die drei Stockwerke durchs Treppenhaus nach unten, dann vom zweiten Hinterhof in den ersten und von dort durch die Haustür auf die regennasse, schlammige Straße, wo er mich unsanft ablegt.

«Nimm's nicht so schwer, Christoph. Andere Mütter haben auch schöne Töchter. Ich wünsch dir noch einen schönen Abend, ja?»

Er nickt mir wohlwollend zu, dreht sich dann auf dem Absatz um und geht zurück zum Haus.

«Schieb dir deinen schönen Abend mal schön sonst wohin!», brülle ich ihm wütend hinterher. «Du babygesichtige Eishockey-Hupe, du!»

Okay, da hatte ich schon mal bessere Einfälle. Beim Beleidigungenerfinden bin ich zugegebenermaßen etwas aus der Übung. Dennoch bleibt Hannes an der Tür stehen, hält dort einige Sekunden inne, dreht sich schließlich wieder um und kommt zurück. Scheiße.

«Ey, war nicht so gemeint», rudere ich hastig zurück. «Ich meinte jemand anderen, nicht dich! Oder dachtest du jetzt, ich meine dich? Haha, neeeee! Nee, nee, nee! Dich meinte ich nicht! Echt! Ich schwör!»

Hannes baut sich vor mir auf und sieht mit einem Gesichtsausdruck auf mich herab, den ich nicht deuten kann. Nachdenklichkeit kann es ja kaum sein. Womit sollte er auch nachdenken? Fakt ist aber, dass er mir die Hand reicht, um mir aufzuhelfen. Nur warum? Fühlt er sich an so eine Art Ehrenkodex gebunden, der es ihm verbietet, einen am Boden Liegenden zu schlagen? Will er mir also zuerst auf die Beine helfen, um mich anschließend mit einem wuchtigen Faustschlag wieder niederzustrecken?

«Hör mal», beginnt Hannes zögerlich, «du kennst Inga besser als ich. Da kannst du mir doch sicher sagen, ob sie eher der Typ ‹lange Leine› oder ‹kurze Leine› ist.»

«Bidde?» Ich habe keinen blassen Schimmer, was der überdimensionierte Eishockeyspieler von mir will.

«Na, braucht sie eher ihren Freiraum, oder soll ich ihr sagen, was sie tun soll?»

Ich sehe Hannes entgeistert an. «Du willst Beziehungstipps von mir?»

«Ja, warum nicht?», erwidert er unschuldig. «Dann habe ich auch überhört, was du eben gesagt hast.»

Ich blicke Hannes an und denke einige Sekunden angestrengt nach. Eigentlich die perfekte Chance, um Rache zu üben. Inga ist definitiv der Typ «lange Leine». Sie kann es auf den Tod nicht ausstehen, wenn man ihr irgendwelche Vorgaben macht. Selbst vorsichtig an sie herangetragene Vorschläge kommen ganz und gar nicht gut an.

«Kurze Leine! Ganz klar!», sage ich schließlich und freue mich insgeheim diebisch über meine Ausgebufftheit.

«Danke, Mann! Bist ’n guter Typ!», lobt mich Hannes. «Hast mir sehr geholfen.» Ohne ein weiteres Wort zu verlieren, dreht er sich um und geht zurück ins Haus.

Ich blicke ihm noch einige Sekunden nach und frage mich voller Schadenfreude, wie viele Stunden Ingas neue Beziehung wohl noch halten wird. Als ich mich grinsend umdrehe, fährt ein Möbeltransporter der Firma Karmann vorbei, pflügt durch eine Pfütze im Rinnstein, und ich werde von einer gewaltigen Wasserfontäne von oben bis unten durchnässt. Während ich dem LKW wütend hinterherblicke, kann ich auf dessen verdreckter Rückseite nur das Wort Karma entziffern. Soll das jetzt witzig sein, oder was?!

Ich unterdrücke den Impuls, einfach loszuschreien, und schleppe mich stattdessen zu Fuß nach Hause. Zu allem Überfluss setzt nun auch noch eiskalter strömender Regen ein. Genau das richtige Setting also, um über ein weiteres dunkles Kapitel in dem Buch *Frauen – Eine Chronologie des*

Scheiterns nachzudenken. Oh, wie ich dieses Buch satthabe. Ich würde es nur allzu gerne so schnell wie möglich beenden und ein neues beginnen. Eines, das ausschließlich von meinem überwältigenden Erfolg bei Frauen handelt und davon, wie ich endlich die Richtige finde. Aber bis jetzt ist dieses neue Buch für mich eines mit sieben Siegeln. In einem abgeschlossenen Schrank. Auf dem Dachboden eines einsamen Hauses. Auf einem weit entfernten Planeten. In einer uns noch unbekannten Galaxie.

2

Der Tag danach. Ich wache schweißgebadet auf. Ein schlimmer Albtraum liegt hinter mir, an dessen Inhalt ich mich aber zum Glück nur noch vage erinnern kann. Im Wesentlichen ging es darum, dass Hannes in kompletter Eishockeymontur schlägerschwingend eine Hetzjagd auf mich veranstaltet hat. Dabei fuhr er nicht auf Schlittschuhen, sondern ritt auf einer riesigen Vagina mit Reißzähnen – Stichwort: Vagina dentata –, die er – Achtung! – an der kurzen Leine hielt.

Was genau dieser Traum zu bedeuten hat, will ich gar nicht wissen. Zumal es nicht der erste Albtraum dieser Art ist. Variationen des Themas haben mich schon des Öfteren heimgesucht, besonders in den Zeiten kurz vor, während oder nach einer Trennung, und die gab es in meinem bisherigen Leben reichlich.

Ich bin ein ausgewiesener Experte in Sachen Liebeskummer, und so weiß ich nur allzu gut, was jetzt zu tun ist, um mich vor Aktionen zu bewahren, die mir das letzte Fünkchen Selbstachtung rauben würden.

Meine To-do-Liste beinhaltet folgende Punkte:

1) Inga aus meiner Facebook-Freundesliste löschen, um sie nicht online stalken zu können.
2) Handy-Vertrag kündigen, um nicht in Versuchung zu geraten, nachts schmachtende und flehende SMS zu schreiben.

3) DSL-Vertrag kündigen, um nicht in Versuchung zu geraten, nachts schmachtende und flehende E-Mails zu schreiben.
4) Keine Briefe! Keine Postkarten! Keine singenden Blumenboten!
5) Mich mit etwas anderem als Alkohol ablenken.
6) Mal über Sport nachdenken.
7) Eventuell sogar Sport machen.

Zum Glück habe ich unter der Woche relativ wenig Zeit, um mich mit Hege und Pflege meines Trennungsschmerzes zu beschäftigen, denn ich bin – wie bereits erwähnt – Erzieher in einer Kindertagesstätte. Genauer gesagt, in der Kita Kunterbunt. Dort rackere ich mich von Montag bis Freitag mit zwanzig Kleinkindern ab, wickle im Akkord, klebe Pflaster auf, tröste und singe das Marienkäferlied.

Jeder Arzt hätte bei mir nach einer derart traumatischen Trennung eine mittelschwere Depression diagnostiziert, doch Krankschreibung ist bei meiner Chefin keine Option. Frau Hollweg gehört nämlich zum Typus der tyrannischen Vorgesetzten. Für den einen Tag, an dem ich mich tatsächlich einmal wegen einer eitrigen Seitenstrangangina krankschreiben ließ, wurde ich mit einer einwöchigen Zwangsfortbildung mit dem Titel «Krankheitsprävention am Arbeitsplatz – Hygiene, Ernährung, innere Einstellung» bestraft. So etwas möchte ich kein zweites Mal erleben.

Frau Hollweg ist Kettenraucherin, hundertzwanzig Kilo schwer und würfelförmig, sprich: genauso groß wie breit. Sie hat die gleiche Frisur wie Wickie aus Flake, ein Gesicht wie ein Preisboxer und eine ebensolche Mentalität. Seit den sechziger Jahren ist sie in der Frauenbewegung aktiv und laut eigenem Bekunden mit Alice Schwarzer per du. Mittlerweile steht sie kurz vor dem Erreichen des Rentenalters, ist aber kein bisschen altersmilde.

Ich bin der einzige männliche Erzieher, den diese Kita jemals gesehen hat, und wie ich irgendwann erfahren habe, hat sich Frau Hollweg mit Händen und Füßen dagegen gewehrt, dass ich eingestellt werden sollte. Denn ihrer Meinung nach bringen Männer das fragile, innerbetriebliche Gleichgewicht der Kita Kunterbunt durcheinander. Weil sie sich aber gegen ihre Vorgesetzten nicht durchsetzen konnte, muss nun ich, Christoph Herrlich, ganz alleine für die jahrtausendelange Unterdrückung der Frau büßen. Zum Beispiel mit diesen Klassikern: «Herr Herrlich, Noah-Samuel hat sich mal wieder im Verkleidungsraum übergeben. Seien Sie so gut und machen das weg, ja?» oder «Herr Herrlich, würde es Ihnen etwas ausmachen, heute auch noch die Spätschicht zu übernehmen? Anita und ich wollen einen Beauty-Tag einlegen.»

Wenn man die beiden Frauen sieht, wird einem sofort klar, dass bei dem Ausgangsmaterial ein einziger Beauty-Tag rein gar nichts ausrichten kann. Da bräuchte es schon einen ganzen Beauty-Monat. Mindestens. Und selbst dann wäre nicht gewährleistet, dass eine Verbesserung eintritt.

Anita ist meine Kollegin und Frau Hollwegs beste Freundin. Die beiden sehen sich nicht nur verblüffend ähnlich, sie kleben auch den ganzen Tag aneinander, zumeist mit Kippe und Kaffee in Frau Hollwegs Büro, wo sie die jahrtausendelange Unterdrückung der Frau diskutieren, während ich mich mit zwanzig Kleinkindern abrackere.

Diese Woche hat sich Frau Hollweg wieder einmal etwas ganz Besonderes ausgedacht, um mir das Leben schwer zu machen: Sie hat ein neues Kind aufgenommen, obwohl wir bereits jetzt viel zu viele Kinder mit viel zu wenigen Erziehern betreuen. Im Grunde arbeite ja eigentlich nur ich direkt am Kind, während Frau Hollweg und Anita meist mit Rauchen, Kaffeetrinken und der Diskussion über die jahrtausendelange Unterdrückung der Frau beschäftigt sind.

Ich hatte also zuvor vehement gegen die Aufnahme eines weiteren Kindes protestiert. Ohne Erfolg, wie sich jetzt herausstellt, denn während ich mit den Kindern in unseren Marienkäferkostümen das morgendliche Ritual des Marienkäfertanzes zelebriere – «Käfer, du gefällst mir sehr, wo hast du die Punkte her?» –, klopft es an der Tür, und Frau Hollweg kommt mit einem neuen Kind und dessen Eltern herein.

«Herr Herrlich, darf ich Ihnen unseren Neuzugang Jan-Frederick und seine Eltern vorstellen?», begrüßt mich Frau Hollweg freundlich bis zum Anschlag, wie sie es immer ist, wenn Eltern anwesend sind.

Der Vater des Jungen trägt die Uniform eines hochrangigen Luftwaffenoffiziers. Die Mutter ist klein, gedrungen und hat keinen Hals. Sie trägt Reiterstiefel und eine grüne Steppweste. Ich gebe beiden zur Begrüßung die Hand und bemühe mich, so freundlich wie möglich zu sein. Auch dem kleinen Jan-Frederick reiche ich die Hand, der diese aber ignoriert. Jetzt erst nehme ich das Aussehen des Jungen richtig wahr. Er trägt allen Ernstes nach hinten gegelte Haare und hat außerdem den Kragen seines pinken Poloshirts hochgestellt, so als wäre er geradewegs aus den achtziger Jahren angereist.

«Ich weiß, ich weiß, Herr Herrlich», trällert Frau Hollweg schmeichelnd. «Sie waren gegen die Aufnahme eines weiteren Kindes, aber Major Holm und seine Frau konnten mich durch eine großzügige Spende überzeugen.»

Die drei lächeln und zwinkern sich konspirativ zu.

«Eine Spende, die allen hier große Freude bereiten wird. Es ist …»

Dramatische Pause. Spannung.

«Ein Kaffeeautomat!»

Jubel.

«Ach, das ist doch keine große Sache», winkt Major Holm ab. «Unsere Kantine hatte einen zu viel bestellt, und wir wussten nicht, wohin damit. Da dachte ich mir, wo ist ein Kaffeeautomat besser aufgehoben als hier bei Ihnen …»

«Ganz richtig», pflichtet ihm Frau Hollweg zufrieden brummend bei.

«Kinder trinken keinen Kaffee», sage ich trocken.

«Unser Jan-Frederick schon», erwidert Frau Holm in überraschend nöligem Ton.

«Aber nur Espresso», quäkt Jan-Frederick von unten.

«Und Anita und ich trinken ebenfalls gerne Kaffee, Herr Herrlich», setzt Frau Hollweg noch einen drauf. «Jetzt seien Sie mal nicht so undankbar, Sie … Sie Yogi-Tee-Trinker!»

«Yogi-Tee-Trinker, haha, sehr gut», pflichtet ihr Major Holm prustend bei, woraufhin sich erst alle Erwachsenen vor Lachen kringeln und dann schließlich auch die Kinder mit einstimmen.

«Yogi! Yogi! Yogi!»

«Ich habe in meinem ganzen Leben noch keinen Yogi-Tee getrunken», stelle ich klar, doch keiner der Anwesenden nimmt das zur Kenntnis.

Bloß weil ich hin und wieder einen flauschigen Wollpulli trage und Ukulele spiele, ist das noch lange kein Grund, mich als Weichei abzustempeln. Ganz offensichtlich sehe das jedoch nur ich so. Nach einer gefühlten Viertelstunde ebbt das Gelächter ab.

«Hach, herrlich. Herrlich, Herr Herrlich», witzelt Frau Hollweg weiter, was nicht zur Beruhigung der Gemüter beiträgt.

«Herrlich, Herr Herrlich, haha, auch sehr gut!», ruft Major Holm.

Wieder ausgelassenes Gelächter, das sich erst nach einer weiteren gefühlten Viertelstunde beruhigt. Frau Hollweg wischt sich die Lachtränen aus den Augen.

«Na, dann wollen wir Sie mal nicht weiter bei Ihrer *Arbeit* stören, Herr Herrlich», sagt sie schließlich, lässt den Blick über meinen Marienkäferkörper gleiten und verlässt mit den immer noch grinsenden Eltern den Raum, nachdem diese sich noch kurz und zackig von ihrem Sohn verabschiedet haben.

Wenig später stellt sich heraus, dass Jan-Frederick nicht nur ein Kind zu viel ist, sondern auch eines, das im Grunde einen Betreuer für sich alleine bräuchte. Oder besser zwei. Mit schwarzen Gürteln in irgendeiner obskuren asiatischen Kampfsportart. Denn als ich ihn in unserer Kita herzlich willkommen heißen will, hört er mir gar nicht erst zu, sondern geht schnurstracks zu den Spielzeugautos in der Ecke, schubst auf dem Weg dorthin die kleine, immer noch als Marienkäfer verkleidete Romy zur Seite, die daraufhin hinfällt, auf dem Rücken liegen bleibt und anfängt, bitterlich zu weinen. Ich nehme Romy sofort hoch, um sie zu trösten, und wende mich anschließend an den Missetäter.

«Jan-Frederick, ich würde mit dir ganz gerne mal über die Dos und Don'ts unseres Zusammenlebens hier sprechen. Setzt du dich mal bitte zu mir.»

Doch anstatt mich vorbehaltlos als Respektsperson anzuerkennen, tritt mir der Junge kurzerhand und mit voller Wucht gegen das Schienbein. Aua! Das tut weh!

In diesem Stil geht es den ganzen Tag weiter. Nicht verwunderlich also, dass ich abends ein körperliches und nervliches Wrack bin.

Zum Glück habe ich Freunde. Die zweite stabile Säule, auf der mein Leben – neben der «Karriere» – derzeit ruht. Sie heißen Hendrik und Zwenn.

Für gewöhnlich treffe ich mich einmal die Woche mit ihnen in unserer Stammkneipe Zum durstigen Hund. Da ich mich aber momentan in einer emotionalen Ausnahmesituation befinde, werde ich ab sofort jeden Tag hingehen. Und Zwenn ist sowieso immer da. Tagsüber steht er im Baumarkt an der Säge, abends ist er Biertrinker.

Beim weiblichen Geschlecht ist Zwenn ähnlich erfolglos wie ich. Wobei man das eigentlich gar nicht so sagen kann, denn im Grunde ist er nicht erfolg-, sondern einfach nur völlig ambitionslos. Ich habe ihn noch nie mit einer Frau sprechen sehen, deshalb hat er vermutlich auch noch nie eine Abfuhr bekommen.

Dafür hat Zwenn andere Qualitäten, die ich sehr zu schätzen weiß. Für mich ist er nämlich so eine Art Liebeskummertherapeut. Nicht nur, weil er mich stets tatkräftig dabei unterstützt, den Trennungsschmerz mit reichlich Alkohol aus dem Körper zu schwemmen, sondern vor allem, weil er ein so hervorragender Anschweigepartner ist. Mit Zwenn kann man einen ganzen Abend mit weniger als zehn Sätzen bestreiten, inklusive Begrüßung, Getränkebestellungen und Verabschiedung. Außerdem kann er stundenlang still sitzen, ohne an seinem Handy herumspielen zu müssen. Eine Fertigkeit, die heutzutage praktisch niemand mehr beherrscht. Ideale Voraussetzungen also, um einen Liebesversehrten wie mich zu behandeln.

Frauen verarbeiten ihren Liebeskummer in der Regel ja, indem sie darüber reden: mit der besten Freundin, der weniger besten Freundin, der Nachbarin, der Kassiererin im Supermarkt, der Hausärztin, dem Paketboten, dem Stromzählerableser. Es scheint, als würde der Schmerz in dem Maße abgebaut, wie Zeit aufgewendet wird, um darüber zu sprechen.

Ganz anders bei uns Männern. Da ist die Zeit entscheidend, die wir investieren, um in Anwesenheit anderer über den Schmerz zu schweigen.

«Na?», begrüße ich Zwenn herzlich, als ich in den Hund komme und mich neben ihn an den Tresen setze.

«Na?», grüßt er launig zurück, und dann ist erst mal Ruhe.

Fred, der Wirt, zapft ein Bier und stellt es vor mich hin. Zwenn und ich stoßen wortlos an und trinken. Dann erst platze ich mit den brandheißen Neuigkeiten heraus.

«Mit Inga ist Schluss.»

Zwenn blickt mich an, streicht sich über seinen beachtlichen Bart und nickt. Einige Minuten verstreichen. Menschen kommen und gehen. Gläser werden befüllt und leer getrunken. Der zahnlose Typ in der Ecke knackt den Jackpot am Merkur-Spielautomaten und freut sich darüber maßlos. Und mir wächst das erste graue Haar.

«Scheiße», sagt Zwenn schließlich und gönnt sich fassungslos einen weiteren Schluck von seinem Bier.

Ich nicke zustimmend.

Die nächste Stunde ist Zwenn damit beschäftigt, die neue

Information sacken zu lassen. Als dies geschehen ist, hebt er sein Glas ein weiteres Mal und stößt mit mir an.

«Im Bier sind genügend weibliche Hormone. Da braucht man gar keine Frau zusätzlich.»

Ich nicke.

«Und Bier macht auch keinen Stress», ergänzt er eine weitere Stunde später.

Bald darauf ist der Abend auch schon wieder rum.

Zwenn trinkt aus, sagt: «Muss morgen wieder an die Säge!», klopft mit den Fingerknöcheln zwei Mal auf den Tresen – das internationale Zeichen für: «Ich bin dann mal weg» – und geht.

Ich bleibe noch eine Weile sitzen und bin zufrieden, dass ich heute immerhin drei Stunden auf mein imaginäres Liebeskummerverarbeitungszeitkonto eingezahlt habe.

Am nächsten Morgen führe ich mit Jan-Fredericks Mutter ein ernstes Gespräch über das unangemessene Verhalten ihres Sprösslings, doch die hat wenig Verständnis für meine Sorgen.

«Sie müssen sich gegenüber dem Kind schon durchsetzen und können nicht bei jeder Kleinigkeit zu uns rennen», lautet ihre lapidare Antwort.

«Äääh, erstens ist es keine Kleinigkeit für uns, wenn ein Kind ein so gewaltbereites Verhalten zeigt», antworte ich in meinem jahrelang erprobten Pädagogenton, «und zweitens bin ich genau genommen nicht zu Ihnen gerannt. Sie sind zu mir gekommen.»

«Versuchen Sie nicht, cleverer zu sein, als Sie tatsächlich sind, ja? Sie wissen ganz genau, wie ich das meine. Außerdem kann ich mir beim besten Willen nicht vorstellen, dass unser

Jan-Frederick so etwas getan haben soll. Bei uns zu Hause ist er immer so ein Engel. Stimmt's, Jan-Frederick?»

Der Junge blickt seine Mutter herzerweichend unschuldig an und nickt beflissen.

«Sehen Sie?»

«Nein, sehe ich nicht», sage ich. «Ich sehe nur, dass er nickt.»

Frau Holm blickt mich mit unverhohlener Genervtheit an. «Jetzt seien Sie mal nicht so passiv-aggressiv, Herr Herrlich!»

«Ich?», frage ich ehrlich verwundert zurück.

«Ja! Sie! Erledigen Sie doch einfach anständig Ihre Arbeit. So wie alle anderen auch.»

Ich fühle mich von der offensiven Art der Mutter ein wenig vor den Kopf gestoßen und benötige ein paar Sekunden, um mich wieder zu fangen.

«Und was machen Sie beruflich, wenn ich fragen darf?»

«Ich bin Tiertrainerin.»

Ich blicke Frau Holm mit aufgerissenen Augen an. «Tiertrainerin?! Und der Papa Major? Auweia», rutscht es mir heraus.

«Haben Sie damit ein Problem?», erwidert Jan-Fredericks Mutter scharf.

«Äh, nein. Ich habe damit kein Problem. Aber ich vermute, dass Ihr Sohn nicht auf meinen Erziehungsansatz anspricht, weil er von zu Hause keine normale Kommunikation gewohnt ist.»

«Na, hören Sie mal! Natürlich ist er das!», entgegnet mir Frau Holm. «Zu Hause kommunizieren wir sehr effizient, das können Sie mir glauben. Wir benutzen eine Vielzahl an Kommandos, und Jan-Frederick spricht darauf sehr gut an:

Lass, Fass, Sitz, Platz, Wurst, Putz, Topf, Bett. Wenn es Probleme gibt, muss das also an Ihnen liegen.»

Damit scheint unsere Unterhaltung für sie zu Ende zu sein, zumindest dreht sie sich wortlos um und lässt mich mit ihrem Sohn alleine. Ich blicke Jan-Frederick wohlwollend an und lege ihm freundschaftlich eine Hand auf die Schulter.

«Wir beide finden schon einen Weg, wie wir miteinander klarkommen. Ganz ohne Kommandos, hm?»

Doch statt einer Antwort tritt er mir wieder mit voller Wucht gegen das Schienbein. Aua!

Kurze Zeit später hat sich Jan-Frederick auch schon wieder etwas Neues ausgedacht, um seine Umwelt zu terrorisieren. Als wir draußen im Kita-Garten spielen, verschanzt er sich auf der Rutsche und stößt jedes Kind, das zu ihm hinaufklettern will, wieder herunter. Der Junge stellt so viel Unfug an, dass ich aufpassen muss, die anderen Kinder nicht zu vernachlässigen.

«Jan-Frederick, komm da runter und lass die anderen auch rutschen», versuche ich es zum wiederholten Mal.

«Nein!»

«Natürlich nicht», sage ich leise zu mir selbst und seufze resigniert.

Dieser Junge kann einen wirklich um den Verstand bringen. Ich ertappe mich bei dem Gedanken: Hoffentlich fällt er runter, dann ist wenigstens Ruhe. Im gleichen Moment erschrecke ich über mich selbst. Nein, stopp, dass ein Kleinkind Schaden nimmt, will ich mir wirklich nicht wünschen, selbst wenn dieses Kleinkind Jan-Frederick Holm heißt.

Doch wenige Sekunden später passiert genau das. Beim wiederholten Versuch, ein anderes Kind von der Rutsche zu stoßen, verliert Jan-Frederick das Gleichgewicht, taumelt, fällt, überschlägt sich in der Luft und landet schließlich in ungutem Winkel und mit einem dumpfen Knall auf dem Boden. Er fängt sofort an, lautstark zu heulen. Die anderen Kinder bilden einen Kreis um ihn.

Ich lasse alles stehen und liegen, renne zu ihm, nehme ihn auf den Arm und versuche, ihn zu trösten. Als sich Jan-Frederick aber nach zwei doppelten Espressi immer noch nicht beruhigt hat, rufe ich den Arzt, und dieser vermutet: beide Beine gebrochen.

Jan-Fredericks Eltern gehen nicht ans Telefon und rufen auch nicht zurück, dafür erreiche ich Frau Hollweg und Anita im Beauty-Spa. Die sind zwar wenig erfreut darüber, dass die Ultraschall-Ausreinigung ihrer Gesichter diese Woche ausfallen muss, doch es hilft nichts, irgendwer muss die anderen Kinder ja beaufsichtigen, während ich mit Jan-Frederick auf dem Arm das nächste Krankenhaus aufsuche, das zum Glück nur fünf Straßenbahnstationen entfernt ist.

Quälende drei Stunden Wartezeit und zwei Röntgenaufnahmen später dann die Diagnose: Schienbeinbruch an beiden Beinen.

Das ist einerseits eine große Tragödie (für Jan-Frederick), andererseits auch ein großer Segen (für mich), denn es bedeutet, dass die Eltern ihr Kind in der nächsten Zeit zu Hause betreuen müssen.

«Zwei Wochen Gips», teilt mir der Kinderorthopäde in der Notaufnahme mit.

«Zwei Wochen nur?», frage ich enttäuscht und versuche zu feilschen: «Können wir nicht drei oder vier Wochen daraus machen?»

«Nein, können wir nicht», entgegnet der Arzt sichtlich

irritiert. «Es ist auf beiden Seiten ein glatter Bruch, der bei einem Kind in diesem Alter sehr schnell heilt, wenn die Verletzung ruhiggestellt wird. Auch ist danach keine Reha wie bei Erwachsenen nötig. Der Junge kann also im Prinzip sofort wieder loslaufen, sobald wir den Gips entfernt haben.»

Ich bedanke mich bei dem Orthopäden für seine Hilfe und denke insgeheim: Zwei Wochen ohne Jan-Frederick sind ja auch schon mal was.

Gut gelaunt bahne ich mir am Abend einen Weg durch den gut gefüllten Kneipenraum des Durstigen Hundes und setze mich schließlich neben meinen vollbärtigen Freund an die Bar.

«Na?»

«Na?»

«Prost.»

«Prost.»

Zwenn und ich stoßen an und trinken.

Plötzlich kommt Hendrik zur Tür herein und macht einen sehr ungemütlichen Eindruck.

«'tschuldigung, Jungs, dass ich so spät bin, aber bei mir geht's drunter und drüber», berichtet er, schält sich dabei aus der Jacke und rückt seine randlose, rechteckige Brille zurecht, bevor er sich endlich hinsetzt.

Normalerweise ist er der tiefenentspannteste Typ, den ich kenne, doch in letzter Zeit wirkt er gestresst und überfordert. Ich vermute, es hat damit zu tun, dass er kürzlich Vater geworden ist und außerdem mitten in den Vorbereitungen für seine Hochzeit steckt.

«Erst mal was trinken», sagt Hendrik, setzt sich zu uns an den Tresen und bestellt. «Einen Baldriantee, bitte.»

Zwenn und ich blicken ihn entsetzt und mit vor Ekel verzogenen Gesichtern an.

«Beruhigt die Nerven», entschuldigt sich Hendrik, «außerdem muss ich Doris nachher noch ablösen.»

Doris ist Hendriks langjährige Lebensgefährtin, inzwischen seine Verlobte und bald seine Ehefrau. Sie kennen sich noch aus Schulzeiten. Keiner der beiden hatte je einen anderen Partner, und sie hatten auch noch nie eine Krise, zumindest nicht, dass ich wüsste.

«Doris ablösen? Habt ihr denn schon abgestillt?», frage ich, ganz Experte auf dem Gebiet.

Zwenns Blick wechselt zwischen Hendrik und mir hin und her, als wollte er sagen: «Was reden diese Menschen?»

Hendrik schüttelt kraftlos den Kopf und macht eine abwehrende Geste.

«Ich dachte, der Matthes akzeptiert kein Fläschchen», hake ich nach.

«Ja, ist auch so», pflichtet mir Hendrik bei, «aber wir haben eine Lösung gefunden.»

«Und die wäre?», frage ich weiter nach.

Hendrik windet sich, doch er hält unseren bohrenden Blicken nicht lange stand.

«Okay, ich sag's euch: Doris pumpt die Milch auf Vorrat ab, ich schnalle mir ein extra für mich angefertigtes Brustimitat um, fülle die Milch dort ein, lege Matthes an und kann ihn so stillen.»

Zwenn und mir bleibt vor Staunen der Mund offen stehen. Wir blicken Hendrik entsetzt an, um Augenblicke später in schallendes Gelächter auszubrechen. Knallerwitz, trocken serviert. Kompliment! Wir klopfen Hendrik anerkennend auf die Schulter, doch als wir seinen Gesichtsausdruck sehen, wird uns klar: Er meint es genau so, wie er es sagt.

«Nein, oder?», sagen Zwenn und ich nahezu gleichzeitig.

«Doch, was ist denn dabei? Ist doch toll, was heutzutage technisch alles möglich ist, oder nicht?», versucht uns Hendrik etwas verunsichert weiszumachen. Er wirkt allerdings so, als müsste er erst einmal sich selbst überzeugen.

«Nein, ist es nicht», erwidert Zwenn, nach wie vor geschockt.

«Hendrik», setze ich schließlich an, «versprich mir bitte, dass dein Sohn niemals erfährt, dass du ihn mit einem Brustimitat gestillt hast. Nie, nie, niemals. Bitte, bitte, versprich es mir.»

«Warum denn?», fragt Hendrik irritiert.

«Weil es sich sehr nachteilig auf seine sexuelle Entwicklung auswirken kann. Oder willst du, dass er später mal ältere Männer mit Plastikbrüsten nach Hause bringt?»

Hendrik schüttelt nachdenklich den Kopf.

«Siehste.»

«Können wir jetzt bitte über was anderes reden?», fragt Zwenn in flehendem Ton. «Oder besser noch: gar nicht mehr reden?»

Wir nicken und beherzigen Zwenns letzten Vorschlag.

«Nein, Jan-Frederick, ich hole dir das Auto jetzt nicht mehr.»

«Doch! Auto!»

«Nein!»

«Wäääääääähhhh!»

Es ist 8:05 Uhr, und ich bin bereits jetzt mit den Nerven völlig am Ende.

Jan-Fredericks Eltern haben ihren Spross natürlich nicht

zu Hause gelassen, sondern ihn trotz Gipsbeinen in die Kita gebracht. Mit der klaren Ansage: Ich hätte seine Verletzung verschuldet und müsse ihn deswegen auch betreuen. Punkt.

Mit zwei Gipsbeinen kann man natürlich nicht laufen, zumindest nicht, wenn man erst vier ist, und so spitzt sich meine ohnehin schon angespannte Arbeitssituation nochmals dramatisch zu.

Jan-Fredericks neue Lieblingsbeschäftigung sieht folgendermaßen aus: Er lässt sich von mir ein Spielzeug bringen, wirft es dann in weitem Bogen von sich und verlangt direkt im Anschluss, dass ich es ihm erneut bringe. Wenn ich mich weigere oder nicht schnell genug reagiere, beginnt er sofort, herzzerreißend und laut zu schluchzen.

«Jan-Frederick, bitte hör auf, ich krieg sonst Ohrenkrebs.»

«Mir egal. Wääääääääääähhhh!»

«Was ist denn das für ein Lärm?», will Frau Hollweg genervt wissen, als sie, gefolgt von Anita und einer Tabakrauchwolke, aus ihrem Büro kommt. «Jetzt ist aber sofort Ruhe!»

Die Kinder verstummen schlagartig, aber nicht wegen Frau Hollwegs Autorität, wie sie gerne behauptet, sondern wegen der narkotischen Wirkung des Nervengiftes Nikotin.

«Sehen Sie, Herr Herrlich, so geht das. Von einer erfahrenen Erzieherin wie mir können Sie sich ruhig eine Scheibe abschneiden.»

«Ja, mach ich. Ist ja auch genug da», nuschele ich.

«Bitte?», echauffiert sie sich sofort.

«Nichts», versuche ich abzuwiegeln.

«Ich habe Sie nicht richtig verstanden, Herr Herrlich! Würden Sie bitte noch einmal wiederholen, was Sie eben gesagt haben?»

«Ach, war nicht so wichtig. Ich weiß auch schon gar nicht mehr genau, was ich gesagt habe.»

«Ich sage Ihnen, was Sie gesagt haben, Herr Herrlich: Sie haben eben eine abfällige Bemerkung über den Körper einer Frau gemacht!»

«Nein, nein, das kann nicht sein», sage ich und schüttle vehement den Kopf.

«Doch, hat er wohl!», meldet sich Jan-Frederick zu Wort.

Frau Hollweg blickt mich streng an und hebt dann den Zeigefinger für eine Lektion. «Sich über den Körper einer Frau lustig zu machen, ist ein chauvinistischer Akt und darüber hinaus ein Abmahngrund. Ich hoffe, das ist Ihnen klar. Und Sie haben ja bereits zwei Abmahnungen.»

«Na ja, die …», setze ich zu einer Erklärung an, doch meine Chefin schneidet mir das Wort ab.

«Mein Körper gehört mir, Herr Herrlich, mir ganz alleine. Und er möchte nicht zum Gegenstand Ihrer schmutzigen Phantasie werden.»

«Frau Hollweg, ich kann Ihnen versichern, dass da keinerlei Gefahr besteht.»

«Jetzt werden Sie nicht frech», fährt sie mich an.

«Okay, ’tschuldigung», gebe ich kleinlaut zurück.

Meine Chefin blickt mich einige Sekunden lang eindringlich an, dann scheint die Lektion zu Ende zu sein.

«Gut, Herr Herrlich, ich will es für dieses Mal dabei bewenden lassen. Sehen Sie es als allerletzte Warnung.»

«Danke, Frau Hollweg», sage ich in unterwürfigem Ton, denn nur so lässt sie sich wirklich besänftigen. Sie liebt es einfach, Chef zu sein.

«Dann machen Sie mal weiter, und denken Sie daran: Morgen ist Elternabend.»

Elternabend? Schon morgen? Oh nein. Das habe ich ja total verschwitzt.

Ein Elternabend ist so ziemlich das Schlimmste, was einem Erzieher widerfahren kann. Schlecht gelaunte Eltern geben missbilligende Kommentare über meine Arbeit ab und äußern zudem Änderungsvorschläge, die kein Mensch umsetzen kann und die deshalb abgelehnt werden müssen, wodurch die Laune sich nochmals deutlich verschlechtert. Die winzigen Plastikstühle, auf denen die Eltern stundenlang sitzen müssen, tragen auch nicht zur Entspannung der Situation bei.

Ausnahmsweise lasse ich an diesem Abend meinen Besuch im Durstigen Hund ausfallen und konzentriere mich mental voll und ganz auf das, was eventuell auf mich zukommen wird.

Major Holm und seine Frau sind natürlich die Ersten, die am nächsten Abend erscheinen und sich die besten Plätze sichern. Nach und nach trudeln dann auch die anderen Eltern ein.

Während ich warte, bis sich alle gesetzt haben, vergegenwärtige ich mir noch mal die wichtigste Regel: Das Thema Essen unter allen Umständen vermeiden! Es geht dabei nämlich selten darum, wie ein Kind ausgewogen ernährt werden kann, sondern ausschließlich um Ideologien. Der Nahostkonflikt ist ein Witz dagegen, denn bei dem gibt es im Wesentlichen nur zwei Seiten. Bei einem Gespräch mit Eltern über Ernährung werden die Konflikte ähnlich kompromisslos geführt, es gibt aber deutlich mehr Parteien: Vegetarier, Veganer, Frutarier, Laktoseintolerante, Paleo-Anhänger, Alles-und-ganz-besonders-Fleisch-Esser, Kohlenhydratvermeider, Zuckerverzichter, Salzverzichter, Glutenfreie, um nur die häufigsten Erscheinungsformen zu nennen.

Es geht los. Die erste Wortmeldung.

«Wir würden gerne mal über das Mittagessen sprechen.»

Bingo!

Der erste Beitrag des Abends kommt von der veganen Vera, wie ich sie insgeheim aus selbsterklärenden Gründen nenne. Wenn der Veganismus eine Religion wäre, wäre sie die Heilige Inquisition. Ihre Tochter Romy sieht das allerdings nicht ganz so eng und schnorrt sich von den anderen Kindern gerne mal ein Stück geräucherten Bauchspeck oder einen kleinen Mett-Igel, während sie den Inhalt ihrer eigenen Brotzeitbüchse jeden Tag heimlich im Garten verscharrt.

«Darauf kommen wir auf jeden Fall heute noch zu sprechen, es ist der letzte Punkt auf unserer Tagesordnung.» Ich versuche, den Konflikt so weit wie möglich in die Zukunft zu verlegen, in der Hoffnung, dass bis dahin alle bereits nach Hause wollen.

«Wir würden aber ganz gerne jetzt sofort darüber sprechen», melden sich Hans und Helene zu Wort. Den beiden gehört der Hähnchengrill vorm Rewe, und ihr Sohn Hensel ist Hauptquelle des geräucherten Bauchspecks und der kleinen Mett-Igel.

«Wir ebenso», mischen sich jetzt auch noch die immer sehr blass wirkenden Roggans ein, ihres Zeichens Kohlehydrat-, Eiweiß-, Zucker- und Salzverzichter. Wovon die sich überhaupt ernähren, ist mir völlig schleierhaft.

«Um es gleich vorweg zu sagen», führt Herr Roggan aus. «Wir fordern einen separaten Essbereich für die Fleischfresser. Am besten im Keller, denn es ist nicht hinnehmbar, dass unser Fridolin beim Mittagessen den Anblick von Leichenteilen ertragen muss.»

Ein Raunen geht durch den Raum. Okay, die Sache nimmt langsam Fahrt auf. Hans und Helene vom Hähnchengrill fühlen sich offenbar persönlich angesprochen, zumindest spiegelt sich in ihren hochroten Gesichtern jetzt die blanke Wut. Doch sie bemühen sich sichtlich, ruhig zu bleiben.

«Ich möchte mich diesem sehr guten Verbesserungsvorschlag anschließen», meldet sich wieder die vegane Vera zu Wort. «Es ist das richtige Signal für die nächste Generation. Gesundheitlich wie ökologisch. Denn die Produktion von einem Kilo Rindfleisch verursacht so viel CO_2 wie …»

Hans vom Hähnchengrill hält es nun nicht länger auf seinem Stuhl.

«Jetzt reicht's mir dann aber mal. Ich will gar nicht wissen, wie viel CO_2 du so verursachst mit deinem Geschwafel.»

Okay. Jetzt wird's brenzlig.

«Ich schlage vor, dass wir uns jetzt alle wieder setzen und beruhigen», sage ich, hege aber wenig Hoffnung, dass irgendjemand hier im Raum diesen Vorschlag in die Tat umzusetzen gedenkt. Meine Rolle ähnelt der eines UNO-Blauhelmsoldaten, und ich kann der weiteren Verschärfung des Konflikts nur tatenlos zusehen.

«Seit Generationen wird Fleisch gegessen, und das hat bisher noch keinem geschadet», fährt Hans vom Hähnchengrill unbeirrt fort, «im Gegenteil. Hier im Raum kann man sehr gut sehen, was dauerhafter Fleischverzicht mit dem Gehirn anstellt. Deshalb fordern wir: Mehr Fleisch!»

Applaus aus der Paleo-Ecke und von den Kohlenhydratvermeidern. Aufgebrachte Empörung beim Rest.

Zufrieden mit sich selbst, setzt sich Hans wieder. Dafür

springt jetzt Herr Roggan auf, zeigt aufgebracht auf die beiden Hähnchenbrater und ruft: «Für Leute wie Sie habe ich nur ein Wort …» Rhetorische Pause, dann: «Mörder!»

Hans' Selbstzufriedenheit ist mit einem Mal gänzlich verschwunden.

«Wie nennst du mich, du Volldepp, du probiotischer? Ich werde dir gleich mal deine Fresse glutenfrei polieren!»

Hans will auf Herrn Roggan losgehen, wird aber von anderen Eltern zurückgehalten. Es gibt einen Tumult.

Bevor die Situation gänzlich eskaliert, drücke ich den Feueralarm. Ein schriller Ton erklingt, die Sprinkleranlage geht an, und alle Anwesenden werden wieder auf Betriebstemperatur heruntergekühlt.

«Na?»

«Na?»

«Spät heute.»

«Elternabend.»

«Und gestern?»

«Elternabendvorbereitung.»

Zwenn nickt wissend.

«Na dann: Prost.»

«Prost.»

Wir stoßen an und trinken. Währenddessen bemerke ich schon an Zwenns nachdenklichem Gesichtsausdruck, dass irgendetwas anders ist als sonst.

«Alles in Ordnung?», frage ich besorgt.

«Nee, nichts ist in Ordnung. Alles ist Scheiße.»

«Okay. Was ist denn los?»

«So wie jetzt kann es einfach nicht mehr weitergehen», sagt Zwenn entschlossen und nimmt einen großen Schluck von seinem Bier. Dann blickt er mit glasigen Augen in die Ferne.

«Ist irgendwas passiert?», frage ich nach einiger Zeit vorsichtig.

«Keine Ahnung. Die Geschichte von Hendriks Brustimitat hat mich irgendwie aus der Spur gebracht …»

«Mich auch», pflichte ich ihm bei.

«… und mir vor Augen geführt, dass es Dinge zwischen Himmel und Erde gibt, die der menschliche Geist nicht fassen kann.»

Ich nicke zustimmend, wundere mich aber gleichzeitig über die vielen Worte, die plötzlich aus dem Mund meines Freundes kommen und noch dazu ohne dass es eine mehrstündige Unterbrechung dazwischen gibt. Zwenns Wortkargheit scheint wie weggeblasen zu sein. Was so ein Brustimitat alles ausrichten kann.

«Und so gruselig diese Dinge auch sein mögen», fährt er fort, «so erinnern sie uns doch daran, dass unsere Lebenszeit begrenzt ist und wir sie nicht so achtlos vergeuden dürfen.»

«Ach ja? Daran will uns das Brustimitat erinnern?», frage ich irritiert, denn so ganz schlüssig scheint mir Zwenns Argumentation nicht zu sein.

«Ja, doch, doch. Und ich habe die Botschaft verstanden. Ich werde mein Leben ändern. Und mein Ändern leben! In jedem Fall kommst du mit, und zwar sofort!»

Er steht auf und geht zur Tür.

«Kann ich noch austrinken?»

«Nein!»

Zwenns Änderungsvorschlag ist dann aber nicht ganz so radikal, wie ich zuerst befürchtet habe, sondern lässt sich im Wesentlichen darauf herunterbrechen, dass wir uns bei dem schönen Wetter lieber in den Park setzen anstatt in die Kneipe.

«Aaaah! Ist doch viel besser so», sagt er, als wir uns wenig später mit mehreren Bierflaschen ausgestattet auf der Wiese niederlassen.

«Ja, bis auf die Ameisen … und die Mücken … und die Hundekacke.»

Zwenn blickt mich streng an.

«Sonst ist es aber super», rudere ich schnell zurück. «Tolle Idee, Zwenn, danke!»

«Na also, geht doch», antwortet der zufrieden. «Hast du 'nen Öffner?»

«Nein.»

«Feuerzeug?»

«Auch nicht.»

Super. Wir haben zwar an zehn Bierflaschen gedacht, aber nicht an etwas, womit wir sie öffnen können.

«Dann mach ich sie mit den Zähnen auf», verkündet Zwenn und steckt sich eine Flasche in den Mund.

«Warte, warte», halte ich ihn auf, «mach das nicht, das ist gefährlich.»

«Iwo. Tausend Mal gemacht. Pass auf.»

Und plopp. Souverän und lässig entfernt Zwenn den Kronkorken von der Flasche und reicht mir dann eine weitere ungeöffnete.

«Und jetzt du.»

«Ich weiß ja nicht …», sage ich zögernd.

«Doch, komm, ist ganz einfach.»

Ich versuche zaghaft, es ihm nachzumachen, stecke mir die Flasche in den Mund, suche den richtigen Winkel, in dem ich den Kronkorken zwischen meine Backenzähne klemme, neige die Flasche mit leichtem Druck und dann, tatsächlich: Es macht plopp, und der Deckel ist ab.

«Siehste!», freut sich Zwenn über mein Erfolgserlebnis, und auch mich durchflutet das warme, wohlige Gefühl, das man verspürt, wenn man in fortgeschrittenem Alter noch etwas Neues lernt.

«Man muss sein Leben ändern und sein Ändern leben», sagt Zwenn feierlich, und darauf stoßen wir an.

3

Mein Leben wäre nach der Trennung von Inga vermutlich vorerst weiterhin stetig zwischen den Polen Kneipe und Karriere hin- und hergependelt, wäre nicht irgendwann der Tag von Hendriks Hochzeit gekommen.

Zwenn holt mich kurz nach Sonnenaufgang ab, damit wir rechtzeitig aus der Stadt herauskommen und nicht im Am-Wochenende-fahren-wir-immer-mal-raus-aufs-Land-Verkehr stecken bleiben. Hendrik heiratet seine Doris nämlich nicht gästefreundlich auf einem für alle leicht zu erreichenden Standesamt, nein, für den «schönsten Tag im Leben» muss schon eine weit draußen «idyllisch im Grünen» gelegene Burg herhalten. Für mich ist das nur der fadenscheinige und leicht zu durchschauende Versuch, um zu gewährleisten, dass die Gäste nicht gleich nach dem Kaffee wieder abhauen. Vermutlich lässt sich auch die Hängebrücke hochziehen, falls zu große Fluchtgefahr besteht.

«Nach dem Essen sind wir aber wieder weg. Ich hab noch was vor», sagt Zwenn, kaum dass ich in seinen senffarbenen Mitsubishi Colt, Baujahr 1982, eingestiegen bin.

«Ganz in meinem Sinne», antworte ich und freue mich, dass wir auch in diesem Punkt mal wieder einer Meinung sind.

Die Kita hat für ein paar Tage geschlossen, denn Frau Hollweg ist wie jedes Jahr auf einer Feministinnenkonferenz auf Lesbos. Das ist dann sozusagen mein Jahresurlaub, und den will ich nutzen, um mich von den Strapazen der letzten Zeit zu erholen, statt meine Zeit auf Hochzeiten zu verplempern.

Auf der restlichen Fahrt verlieren wir nicht viele Worte, sondern spüren beunruhigt jedem neuen Klappern nach, das der Mitsubishi Colt fabriziert. Ich hoffe inständig, dass der Wagen uns nicht mitten in der Prärie im Stich lässt.

Nach fünfzig Kilometern versuche ich dann doch, das Gespräch etwas anzukurbeln, und stelle die naheliegende Frage: «Was haste denn noch vor heute?»

«Internet-Dating.»

«Was?»

«Weiber anschreiben über den Computer.»

«Ja, ich weiß, was Internet-Dating ist. Inga hab ich doch auch so kennengelernt. Ich wundere mich nur darüber, dass du so was machst.»

«Ja, ich auch», sagt Zwenn. «Aber man muss sein Ändern eben leben.»

Ich nicke bedächtig, und auf der restlichen Fahrt hängt wieder jeder von uns seinen eigenen Gedanken nach.

Als wir auf Burg Hohenstein ankommen, werden wir von Hendrik in Empfang genommen, der uns überschwänglich umarmt. Aber er wirkt bereits jetzt so, als wäre er mit den Nerven völlig am Ende. Das war er in den letzten Monaten zwar immer, aber heute scheint es ganz besonders schlimm zu sein. Er ist blass, hat dunkle Augenringe und einen rastlosen Blick.

«Ihr seid eine Stunde zu früh. Sonst ist noch gar keiner da, und ich bin nach wie vor mitten im Vorbereitungsstress.»

«Sind gut durchgekommen», erklärt Zwenn den Umstand unseres Zufrühkommens, und ich nicke bestätigend.

«Doris' Eltern haben das Brautkleid vergessen, das muss ich holen, dem Alleinunterhalter eine Songliste schreiben, und Matthes muss ich auch noch stillen.»

Das Bild, das ich so lange versucht habe zu verdrängen, poppt wieder vor meinem geistigen Auge auf und verursacht mir große psychische Schmerzen. Zwenn scheint es ebenso zu ergehen, denn er hält sich die Hände abwehrend vors Gesicht.

Hendrik hat dafür heute keinen Sinn.

«Zeitlich wird das alles sehr, sehr eng», sagt er. «Aber für euch ist das gar kein Problem, ihr könnt euch derweil in der Burgschänke eine kleine Stärkung genehmigen.»

«Burgschänke hört sich sehr gut an», sagt Zwenn, zögert nicht lange und setzt sich in Bewegung.

«Aber so schön, dass ihr da seid!», sagt Hendrik, lächelt und umarmt mich herzlich. Doch kurz danach wird er schon wieder unruhig und geht nervös die noch zu erledigenden Aufgaben auf seinem Notizblock durch.

«Du schaffst das schon alles noch rechtzeitig», rede ich beruhigend auf ihn ein, «und wenn nicht, dann heiratet ihr eben nicht.»

Hendriks Gesichtsfarbe bekommt neben der Blässe nun noch einen leichten Grünstich, dann rennt er, ohne etwas zu erwidern, hektisch zu seiner nächsten Baustelle. Ich folge Zwenn in Richtung Burgschänke.

«Zwei Bier!», ruft der, noch bevor er die Türschwelle vollumfänglich überquert hat.

«Kommt sofort», erwidert die Tresenkraft ebenso zackig.

Wir setzen uns, und just in dem Moment stellt sie uns zwei volle Humpen mit goldgelber Flüssigkeit auf den Tisch. So muss Service sein.

«Lasst es euch schmecken.»

«Das werden wir. Stößchen!», prostet Zwenn mir zu.

«Auf Hendrik und seine Doris», sage ich. «Mögen sie trotz Ehe lange glücklich sein.»

Wir stoßen an und trinken einen kräftigen Schluck.

«Aaahhh!»

«Herrlich!»

Das Bier schmeckt so vorzüglich, dass wir gleich einen weiteren kräftigen Schluck zu uns nehmen. Besonders Zwenn scheint so angetan von dem Getränk zu sein, dass er anfängt zu fachsimpeln.

«Hmm, vollmundig, süffig und federleicht im Abgang. Eine angenehme, nicht zu aufdringliche Süße, die auch im Nachgeschmack die Hopfennote nicht übermäßig dominiert. Ein rundum gelungenes, untergäriges Vollbier mit einer Stammwürze von zwölf Prozent, würde ich mal sagen.»

Ich bin ganz baff angesichts dieser fachkundigen Analyse.

«Sehr treffend beschrieben», schaltet sich die Tresenkraft ein, der Zwenns Ausführungen offenbar nicht entgangen sind. «Einzig bei der Stammwürze muss ich dir widersprechen. Es sind 13 Prozent bei einem Alkoholgehalt von 5,8 Prozent.»

«Sicher?», erkundigt sich Zwenn zweifelnd.

«Absolut», erwidert die Frau am Tresen, die ich jetzt zum ersten Mal richtig wahrnehme. Sie ist eher klein und von robuster Statur. Ihre Haare sind hochgesteckt, und beim Lächeln erscheinen Grübchen in ihrem hübschen runden Gesicht.

Zwenn kostet noch einen Schluck und scheint überzeugt zu sein.

«Ja, kann durchaus sein. Wie heißt das Bier?»

«Es heißt Christl-Bräu», sagt die Tresenkraft stolz, «weil ich die Christl bin und es von mir gebraut wird.»

«Nein!», ruft Zwenn ungläubig.

«Doch!»

«Nein!»

«Oh doch!»

«Das ist ja phantastisch!»

Der Zwenn ist für seine Verhältnisse jetzt völlig aus dem Häuschen und wendet sich an mich.

«Hast du gehört? Die Christl hat das Bier selbst gebraut.»

«Ja, habe ich gehört», erwidere ich, irritiert über das gänzlich ungewohnte Ausmaß von Zwenns Begeisterung.

«Das ist doch super, oder?!»

«Ja, das ist super», sage ich mit skeptischem Unterton.

«Die ursprüngliche Rezeptur stammt von meinem Großvater», erklärt Christl, «aber im Rahmen meiner Ausbildung zur Braumeisterin habe ich sie noch ein bisschen verfeinert. Gut, oder?»

«Sehr gut. Sehr, sehr gut sogar», sagt Zwenn verträumt und trinkt den Rest des Bieres in einem Zug aus.

«Wir sind eine Bierbrauerfamilie», verkündet Christl stolz, während sie Zwenn ein frisches Bier hinstellt, «in der fünften Generation.»

«Bierbrauerfamilie, super», wiederholt Zwenn schwer beeindruckt und blickt Christl mit leuchtenden Augen an. Wie ein kleiner Junge, der seine erste Spielzeugeisenbahn zu Weihnachten bekommen hat.

«Wir nehmen heute Abend auf jeden Fall ein Fass Christl-Bräu mit nach Hause. Und vielleicht sogar die Christl auch gleich», scherzt Zwenn unbeholfen und grinst Christl breit an.

Zu meinem Erstaunen fühlt sie sich nicht belästigt. Das Gegenteil ist wohl der Fall, denn sie erwidert das Lächeln.

«Darüber können wir schon reden», sagt sie und zwinkert ihm zu.

Zwenn und Christl sehen sich sehr lange und sehr tief in die Augen. Ich blicke beide abwechselnd und mit zunehmender Irritation an. Was passiert hier?

Doch der magische Moment wird jäh unterbrochen, als plötzlich ein gewaltiger Rums ertönt und das alte Gemäuer erbebt.

Blitzschnell greifen Zwenn und ich nach unseren Bierkrügen und pressen sie schützend an unsere Körper. Wenn es darauf ankommt, können wir uns auf unsere Reflexe verlassen. Doch es geschieht nichts weiter.

Erst als wir nach draußen treten, sehen wir das Desaster: Ein silbergrauer Opel Zaphira hat sich in die Burgmauer gebohrt und ist nun mit Staub und einzelnen kleinen, aus der Burgmauer gebrochenen Steinen übersät.

Mein Hirn rattert: Opel Zaphira, Opel Zaphira, Opel Zaphira, da war doch was.

«Ist das nicht Hendriks Auto?», unterbricht Zwenn meinen Gedankengang, woraufhin ich ihn einen kurzen Moment lang entsetzt anblicke.

Sofort stellen wir unsere Bierkrüge ab, rennen zur Unfallstelle, befreien erst den Wagen von dem Geröll und bergen dann den völlig verdatterten und staubbedeckten Fahrer, der offenbar gar nicht versteht, was los ist.

Hendrik redet in einem fort vor sich hin, während wir ihn aus seinem Auto ziehen: «Matthes muss gestillt werden, ich muss die Tischkarten kontrollieren, ‹What A Wonderful Day› und ‹Love Is In The Air› auf die Songliste schreiben …»

«Vergiss nicht ‹Love Hurts›!», ergänze ich und klopfe ihm den Staub von der Kleidung.

«Wie soll ich das nur alles schaffen?», jammert Hendrik. «Ich kann nicht mehr.»

«Ganz ruhig, du trinkst jetzt erst mal ’nen Schnaps», sagt Zwenn und reicht ihm seinen Flachmann.

«Und um den Rest kümmern wir uns», füge ich an, nachdem wir alle einen kräftigen Schluck zur Stärkung genommen haben.

«Außer ums Stillen!», stellt Zwenn klar. «Das machste mal schön selber.»

Als die Trauung in der kleinen, an die Burg angrenzenden Kapelle beginnt, sind alle Probleme gelöst, und Hendrik ist auch wieder einigermaßen in der Spur. Sein Auto haben wir aus Gründen der Statik vorsichtshalber so stehen gelassen und die Unfallstelle durch eine Plane notdürftig vor den Augen der anderen Gäste verborgen.

Nach der Hochzeitszeremonie geht es in den großen Festsaal der Burg, wo das Hochzeitsbankett stattfindet. Bevor allerdings das Buffet eröffnet wird, gibt es ein Unterhaltungsprogramm. Zwenn und ich halten uns an unseren frischgezapften Bieren fest und lauschen den üblichen Anekdoten der Brautfreundinnen, über die aber wirklich niemand außer den Freundinnen und der Braut lachen können, und lassen auch die pointenfreien Reden der Verwandtschaft stoisch über uns ergehen, als plötzlich eine der Brautjungfern ans Mikrophon tritt, um eine Ankündigung zu machen.

«Die Kathi muss früher weg heute und kann nicht bis zum Schluss bleiben, deshalb ziehen wir das traditionelle Brautstraußwerfen jetzt vor. Alle unverheirateten Frauen also bitte mal aufstehen und herkommen. Die Doris kommt jetzt gleich hier auf die Bühne und wirft den Strauß dann rückwärts in die Menge.»

«Ich versteh kein Wort, was machen die jetzt?», fragt Zwenn ratlos.

«Die Braut wirft jetzt gleich ihren Brautstrauß, und diejenige, die ihn fängt, wird vermutlich als Nächste heiraten.»

«Aha, das ist ja interessant», sagt Zwenn und rutscht unruhig auf seinem Stuhl hin und her.

Wir beobachten, wie sich allerhand Frauen vorne an der Bühne einfinden und Doris mit tosendem Applaus begrüßen, als diese mit dem Brautstrauß in der Hand über die Stufen das Podium erklimmt.

Sie stellt sich an den Rand der Bühne, dreht der Menge den Rücken zu und wirft den Strauß hoch in die Luft. Alles scheint sich nun in Zeitlupe zu bewegen. Der Strauß erreicht den Scheitelpunkt und steht für einen kurzen Moment in der Luft. Aufgeregtes Gewusel am Boden, ein Meer aus nach oben gereckten Händen. Dann nimmt der Strauß Fahrt auf und bewegt sich mit zunehmender Geschwindigkeit nach unten. Wer wird ihn fangen? Wer wird die glückliche Siegerin sein, die sich Hoffnung machen darf, als Nächste zu heiraten? Die Spannung ist schier nicht auszuhalten. Das Gerangel wird handfester, vereinzelt wird am Trikot gezogen, oder es werden Tritte in die Hacken verteilt, doch im Großen und Ganzen geht es fair zu. Noch! Bis gänzlich unerwartet ein weiterer Bewerber das Feld betritt.

Zwenn schießt aus seinem Stuhl hoch, sprintet zu der Gruppe unverheirateter Frauen hinüber, räumt diejenige, die die besten Chancen hat, den Strauß zu fangen, mit einem beherzten Bodycheck aus dem Weg, schlägt gleichzeitig einer anderen die emporgestreckten Arme weg, schraubt sich dann elegant nach oben, wobei er noch eine dritte Konkurrentin durch einen gezielten Ellenbogenhieb ins Gesicht ausschaltet, und pflückt schließlich den Brautstrauß souverän aus der Luft.

Nachdem Zwenn wieder sicher auf beiden Beinen gelandet ist, rennt er sofort los, denn er ahnt vermutlich, dass noch nichts gewonnen ist: Die Zukurzgekommenen werden sicher versuchen, ihm den Brautstrauß mit allen erdenklichen Mitteln wieder abzuluchsen. Und genau so ist es. Die Meute wild gewordener Unverheirateter nimmt sofort die Verfolgung auf und jagt ihm nach.

Zwenn sprintet breit grinsend an mir vorbei, schwenkt stolz den Brautstrauß und verkündet: «Für die Christl!»

Ich bin so perplex, dass ich nichts erwidere, sondern ihm nur verdattert nachblicke. Ich sehe, wie er den Festsaal verlässt, über den Burghof spurtet und schließlich in der Burgschänke verschwindet. Als seine Verfolgerinnen dort ebenfalls ankommen, prallen sie an der nun verschlossenen Tür ab.

Für die nächste Zeit ist Zwenn dann erst einmal verschwunden. Ich freunde mich derweil mit Hendriks neunzigjähriger Oma an, die mir unbedingt von ihrer wilden Zeit in den Fünfzigern erzählen will und währenddessen ihre Hand auf meinem Knie ablegt.

«Der Elvis hat ja einige Jahre bei uns in Bad Nauheim gelebt. Da war was los, sag ich dir, das war richtige Unterleibsmusik, wenn du weißt, was ich meine.»

Nach zwei Stunden entdecke ich Zwenn dann am Buffet. Er ist gerade dabei, sich Berge von Essen auf mehrere Teller zu laden. Das Hemd hängt ihm halb aus der Hose, die Haare sind verwuschelt, und am Hals hat er kleine Knutsch-,

Kratz- und Bissspuren. Eindeutige Hinweise auf ein sexuelles Intermezzo.

«Du wirst es nicht glauben, aber die Christl kannte ich bereits vom Online-Dating», berichtet Zwenn aufgekratzt. «Christl-Clear ist ihr Nickname und meiner Humpen75. Das passt doch, oder?»

«Gleich gibt sie mir noch eine Brauereiführung», raunt er und zwinkert mir dabei mehrdeutig zu. «Mit Übernachtungsoption! Aber wenn du nach Hause möchtest, kannst du gerne den Wagen haben. Ich komme schon irgendwie hier weg.»

Das lasse ich mir nicht zweimal sagen. Ich schnappe mir den Schlüssel, wünsche Zwenn viel Erfolg und mache einen polnischen Abgang, sprich, ich gehe, ohne mich vorher groß zu verabschieden, denn das ist meist kontraproduktiv, weil viel zu viele Menschen versuchen, einen dann doch wieder zum Bleiben zu überreden.

Als ich mit dem Mitsubishi Colt auf der Landstraße bin, wird mir klar, dass ich soeben meinen letzten Freund an die Frauenwelt verloren habe.

Ab jetzt wird sich einiges ändern. Zwenn und Christl werden sich in der ersten Zeit vermutlich jeden Abend sehen wollen. Zwenn hat ja auch einiges nachzuholen, und das gönne ich ihm natürlich von Herzen, wenn ich es auch etwas traurig finde, dass unsere gemeinsamen Abende dadurch zwangsläufig kürzer und seltener werden. Vielleicht zieht Zwenn ja dann auch raus in die Nähe der Burg, und vielleicht heiraten er und Christl auch ganz schnell und bekommen Kinder. Dann freunden sie sich mit anderen Paaren an, die auch Kinder haben, und Geburtstage und Partys spielen sich dann nicht mehr abends ab, sondern nur noch tagsüber. Und wenn man nicht aufpasst, verliert man sich ganz aus den Augen.

Hendrik sehe ich sowieso höchstens einmal in der Woche. Der ist mit Frau, Haus, Job und Kind dermaßen eingespannt, dass er keine zusätzlichen Kapazitäten frei hat und die nächsten drei Wochen ist er ohnehin in den Flitterwochen auf Bali.

Während ich meinen düsteren Gedanken von einer Zukunft ohne Freunde und soziale Kontakte nachhänge, fällt mir ganz plötzlich auf, dass ein neues Klappern zum akustischen Fingerabdruck des Mitsubishi Colt hinzugekommen ist. Ich spüre dem nach, und noch während ich dabei bin, geht plötzlich der Motor aus. Einfach so. Der Wagen wird langsamer und langsamer, bleibt schließlich stehen und lässt sich auch nach vielen verzweifelten Versuchen nicht mehr starten.

Ich steige aus und fluche. Es ist stockdunkel. Weit und breit sind keinerlei Zeichen von zivilisiertem Leben zu sehen. Und natürlich habe ich auch kein Handynetz. 98 Prozent Netzabdeckung! Großartig! Die wirklichen Katastrophen passieren immer in den restlichen zwei Prozent!

Ich setze mich wieder in den Wagen, und plötzlich fließen mir die Tränen in Strömen über die Wangen. Aber nicht nur wegen der Autopanne. Natürlich nicht. Die ist allerhöchstens der Auslöser. Ich weine wegen Inga und wegen meines restlichen beschissenen Lebens. So wie jetzt kann es auch für mich nicht weitergehen. Ich will nicht ständig unglücklich und frustriert sein und ein Leben in stiller Verzweiflung führen. Ich will auch mein Leben ändern und mein Ändern leben, so wie Zwenn. Aber wie, weiß ich im Augenblick noch nicht.

Nachdem ich mich wieder einigermaßen beruhigt und

meine Selbstmitleidattacke überstanden habe, versuche ich ein letztes Mal, den Wagen zu starten. Innerlich stelle ich mich bereits auf einen sehr langen und sehr kräftezehrenden Fußmarsch ein, doch siehe da: Der Colt springt an.

4

Meine Befürchtungen, dass ich Zwenn in nächster Zeit erst mal nicht mehr zu Gesicht bekommen würde, bewahrheiten sich tatsächlich. Am Tag nach Hendriks Hochzeit ruft er mich aus Pilsen in Tschechien an, um mir mitzuteilen, dass er mit Christl zu einer Brauereibesichtigungstour quer durch Europa aufgebrochen ist. Christl unternimmt diesen Biermarathon jedes Jahr zu unterschiedlichen Orten als eine Art Bildungsreise, und da Zwenn ebenfalls sehr wissensdurstig ist, hat er nicht lange gezögert und ist mitgefahren. Seinen Mitsubishi Colt könne ich so lange nutzen, wenn ich verspräche, gut auf sein Schmuckstück aufzupassen. Das tue ich, verschweige aber, dass das Schmuckstück letzte Nacht zwischenzeitlich den Geist aufgegeben hat.

Kurz nachdem ich aufgelegt habe, klingelt es an der Tür. Sturm. Ich öffne und sehe eine Frau in meinem Alter mit schmerzverzerrtem Gesicht, eingerahmt von zwei Sanitätern sowie flankiert von einem auf cool gestylten Jungen mit Neymar-Haarschnitt, Hut und einem derart gelangweilten Gesichtsausdruck, dass mir fast die Füße einschlafen.

«Ja?», frage ich und runzle angesichts der merkwürdigen Menschenansammlung vor meiner Haustür die Stirn.

«Entschuldige, Christoph, dass ich so früh störe», sagt die Frau mit gepresster Stimme. Obwohl sie mich vertrauensvoll mit meinem Vornamen anspricht, habe ich keinen blassen Schimmer, wer sie ist.

«Ich habe anscheinend eine akute Blinddarmentzündung», fährt sie fort, «und muss sofort ins Krankenhaus und operiert werden. Könntest du heute und vielleicht morgen auf Emil aufpassen? Ich kenne sonst niemanden, den ich fragen könnte, und du bist ja schon wegen deines Berufs dafür am besten geeignet. Du machst doch was mit Kindern, oder?»

Was mich irritiert, ist die Tatsache, dass sie meinen Vornamen kennt und zumindest eine ungefähre Vorstellung von meinem Beruf hat, ich mich hingegen an gar nichts erinnern kann, was mit ihr in Zusammenhang steht. Ich blicke sie ratlos an.

«Du weißt schon noch, wer ich bin, oder?», erkundigt sie sich misstrauisch.

«Klar, logisch», erwidere ich, so lässig es geht.

«Und? Wer bin ich?»

Okay, die Frage war irgendwie zu erwarten, da hätte ich mir auch vorher eine Antwort zurechtlegen können.

«Äh … na … die Dings … vom …», stammle ich.

«Ja?»

«Ah, es liegt mir auf der Zunge. Aber ich komm im Moment nicht drauf.»

«Juli.»

«Ja, im Juli war das, genau!»

Die Frau blickt mich so zweifelnd an, als wäre sie sich nicht sicher, ob ich das ernst meine oder ob es ein Scherz sein soll.

«Ich heiße Juli. Juli Sommerluke …»

«Hihi, Sommerluke, geiler Name», kann ich es mir nicht verkneifen zu sagen.

«… und du warst auf meiner Wohnungseinweihungsparty. Oben im vierten Stock. Mit deinem Kumpel Zwenn, oder so», fährt sie fort.

«Ja, klar, logisch, mein ich doch», sage ich, obwohl sich der Schleier des Vergessens noch kein bisschen gelichtet hat. Ich bin aber offenbar heute ein so schlechter Schauspieler, dass sie meine Notlüge durchschaut.

«Du kannst dich echt nicht erinnern?», fragt sie mit ernsthafter Verwunderung in der Stimme. «Ihr wart die Letzten, die gegangen sind.»

«Sind wir eigentlich immer, keine Ahnung, warum.»

«Ihr habt mit Emils Wasserfarben eine Vagina mit Zähnen auf die Wohnzimmerwand gemalt und Traumdeutung gemacht.»

«Ein Partyklassiker.»

«Und dein Freund Zwenn hat aus dem Küchenfenster gekotzt, aber übersehen, dass noch ein Fliegengitter davorhängt.»

Ah! Jetzt! An dieses Ereignis kann ich mich erinnern! Leider ist es auch eine Geruchserinnerung. Aber so unangenehm sie auch sein mag, sie führt zumindest dazu, dass der Schleier des Vergessens schlagartig weggerissen wird und ich besagten Abend klar vor meinem inneren Auge sehe.

«Ja, genau, und du hast zu viele von deinen Haschkeksen gegessen und wolltest dich ständig ausziehen …»

Juli zeigt auf ihren Sohn und bedeutet mir damit, nicht weiterzusprechen.

«Mama, ich weiß, dass du Gras hast und dich gerne mal ausziehst», erwidert der Junge gelangweilt, ohne sie anzusehen.

Juli lächelt verlegen.

«War aber 'ne geile Party», sage ich und meine das auch so.

«Ich musste zwar noch mal renovieren, aber ja, war wirklich eine sehr geile Party.»

Wir lächeln uns gedankenverloren an.

«So, können wir dann langsam?», drängelt einer der Sanitäter, die schon während des Gesprächs zunehmend ungeduldiger geworden sind.

«Ja, klar», sagt Juli, und ihr Gesicht verzieht sich sogleich wieder voller Schmerz. «Also? Würdest du dich für ein, zwei Tage um Emil kümmern?», fleht sie mich dann an.

In einer solchen Situation die Wahrheit zu sagen, nämlich dass man in seiner Freizeit nicht auch noch Kindermädchen spielen will, gelingt vermutlich den wenigsten. Mir auf jeden Fall nicht, und so sage ich: «Natürlich passe ich auf deinen kleinen Racker auf. Gar kein Problem.»

«Super, vielen Dank», sagt Juli sichtlich erleichtert und schiebt mir ihr Kind entgegen. «Sei nett zu Christoph. Ich melde mich, sobald ich kann.»

Dann lässt sie sich von den Sanitätern die Treppen hinunterhelfen, wobei sie bei jeder Bewegung einen spitzen Schmerzensschrei ausstößt.

Emil geht währenddessen in meine Wohnung und beginnt sofort, alles kritisch zu inspizieren und gelegentlich Dinge zur genaueren Betrachtung anzutatschen. So zum Beispiel den Pokal, den ich 1992 für den 1. Platz im Malwettbewerb der Stadtsparkasse bekommen habe. Ich nehme ihm den Kelch wieder ab und stelle ihn zurück ins Regal.

«So, Regel Nummer eins. Hier ist es wie im Museum: Anschauen ja, anfassen nein. Klar?»

Emil blickt mich belustigt an, geht weiter ins Wohnzimmer, lässt sich dort aufs Sofa plumpsen und holt sein iPad hervor.

«Ich hoffe, du hast WLAN.»

«Stell dir vor», antworte ich, denn ich habe meinen Vertrag trotz Liebeskummer-To-do-Liste wegen der dreimonatigen Frist dann doch nicht gekündigt.

«Wahrscheinlich ‹Herr Herrlich›?»

«Jap.»

«Passwort?»

Ich zögere.

Emil blickt mich fordernd an.

«Knuddelhase4U», sage ich schließlich.

Der Junge grinst mich mit hochgezogenen Brauen an.

«Na was? Ist ein sicheres Passwort. Da kommt so schnell niemand drauf.»

«Ich sag ja gar nichts.»

Emil tippt das Passwort ein.

«Funktioniert. Super. … Wann gibt's 'n Essen?»

Bei mir verfestigt sich der Eindruck, dass unsere Beziehung bereits jetzt in die völlig falsche Richtung driftet, und ich nehme mir vor, das unter allen Umständen zu verhindern. Als Erzieher weiß ich, wie wichtig es ist, der jugendlichen Klientel frühzeitig ihre Grenzen aufzuzeigen.

«Ähm, ich würde vorschlagen, dass du jetzt dein Gerät weglegst und …»

«Was für 'n Gerät?»

«Das Gerät, das du in der Hand hast … Und dass wir uns erst mal miteinander bekannt machen und dann überlegen, was wir zusammen kochen könnten.» Ich reiche ihm die Hand. «Also: Hallo, ich bin der Christoph. Und wie heißt du?»

«Emil Sommerluke heiße ich. Guten Tag. Freut mich sehr, Sie kennenzulernen!» Emil betont jede Silbe besonders deutlich in der eindeutigen Absicht, mich zu verarschen.

Ich werfe ihm meinen strengsten Erzieherblick zu, doch

den sieht er schon gar nicht mehr, da er den Blick wieder auf sein iPad geheftet hat. Ich nehme es ihm kurzerhand weg.

«Ey! Das ist nicht lustig. Gib sofort das *Gerät* wieder her!»

«Du bekommst es nach dem Essen zurück», sage ich ruhig.

«Dann beeil dich mit dem Kochen. Hab eh schon Hunger.»

«Du wirst mir mal schön dabei helfen, Kollege. Komm, aufstehen!»

«Ich? Nee! Ich hab noch nie gekocht. Und hab das auch in Zukunft nicht vor.»

Das erstaunt mich dann doch etwas.

«Wie, du hast noch nie gekocht? Hat immer deine Mami für dich gemacht, oder was?», ziehe ich ihn ein wenig auf.

«Ja, klar», erwidert er ungerührt.

«Aber kauen kannst du alleine, oder?»

Emil findet meine Frage kein bisschen lustig und zeigt mir das auch deutlich, indem er mir einen abschätzigen Blick zuwirft.

«Ich finde, es wird höchste Zeit, dass du es lernst. Du bist doch bestimmt schon zehn, oder?»

«Ich bin fast 17.»

«Einigen wir uns auf elf.»

«Elfeinhalb.»

«Gut, elfeinhalb.»

Ich teile Emil zum Zwiebelschneiden ein und gebe ihm dafür das stumpfeste Messer, das ich finden kann. Ein wenig Spaß muss ich mir ja auch gönnen.

«Hast du einen Job? Oder hartzt du ab?», fragt er mich mit tränenüberströmtem Gesicht.

«Ich bin Erzieher in einer Kindertagesstätte.»

«Kindergärtner?!»

«Nein, Erzieher in einer Kindertagesstätte.»

«Das ist doch kein Beruf für einen Mann.»

«Warum nicht?»

«Na, Kindererziehung ist doch was für Frauen.»

«Sagt wer?»

«Mein Vater.»

«Aha. Und was macht der beruflich?»

«Er gibt Kurse für Männer.»

«Schwimmkurse?»

«Nein.»

«Kochkurse?»

«Nein.»

«Strickkurse?»

«Auch nicht.»

«Benimmkurse?»

«Ja, so was in der Art.»

«Und warum bist du jetzt eigentlich nicht bei ihm?», frage ich in der Hoffnung, doch noch etwas von meinem wohlverdienten Jahresurlaub retten zu können.

«Weil er gerade auf Geschäftsreise ist», antwortet Emil kleinlaut.

«Also kann ich dich nicht schnell zu ihm fahren?»

«Nein.»

«Ich würde auch weitere Strecken in Kauf nehmen.»

«Nei-in.»

«Bis zu tausend Kilometer.»

«Nein!», sagt Emil noch einmal, womit das Thema für ihn abgeschlossen zu sein scheint. «Was kochen wir da eigentlich?»

«Bolognese.»

«Und das schmeckt?»

«Ich denke, ja.»

Nach dem Essen setzen wir uns vor den Fernseher. Emil hat sein iPad daran angeschlossen, und wir schauen seine Lieblingsserie *The Walking Dead.* Doch spätestens nach der zweiten Folge bin ich so abgestumpft, dass ich froh bin, als das Programm plötzlich unterbrochen wird und das iPad seltsame Geräusche macht. Da-ring, da-ring, da-ring.

«Mama ruft an», sagt Emil und drückt auf «Annehmen».

Auf dem iPad erscheint Julis Kopf. Sie liegt in einem Krankenbett.

«Hallo, Mama!»

«Hallo, mein Schatz. Wie geht's dir?»

«Gut», antwortet Emil spröde.

«Hallo, Juli», schalte ich mich ein. «Hast du die Operation gut überstanden?»

«Ja, alles schick so weit. Ich bin gerade aufgewacht und noch ein bisschen benebelt von der Vollnarkose. Gleich schlafe ich noch ein wenig, aber ich wollte mich vorher zumindest kurz melden, damit ihr euch keine Sorgen macht.»

«Das ist nett», lobe ich sie.

«Wollt ihr mal die Wunde sehen?», schlägt sie dann überraschend vor, und noch bevor einer von uns reagieren kann, lüftet sie ihr Krankenhausnachthemdchen, und man kann sehen, dass sie weder BH noch Schlüpper darunter trägt. Dann kommt ein Verband in der Leistengegend ins Bild, den Juli leicht beiseiteschiebt, damit man die OP-Wunde sehen kann.

«Nein! Stopp! Nicht!», rufe ich und merke, wie mir die Farbe aus dem Gesicht entweicht.

Emil ist gleichermaßen schockiert.

«Mama! Lass das!»

Juli macht sich wieder zurecht und grinst schelmisch in die Kamera. «Jetzt stellt euch nicht so an. Ihr seid doch Männer, oder nicht?», frotzelt sie, und erst nachdem sie sich ausgiebig über unsere Unfähigkeit, den Anblick einer Wunde auszuhalten, ohne sofort in Ohnmacht zu fallen, amüsiert hat, wird sie wieder etwas ernster. «Ich muss mindestens drei Tage hier bleiben, sagt der Arzt. Vielleicht auch länger, kommt drauf an, wie das alles heilt. So lange kann ich dir Emil nicht aufhalsen, Christoph. Ich werde mich, so schnell es geht, um einen anderen Babysitter bemühen, ja?»

«Babysitter!? Hallo?!», ruft Emil empört.

«Prima, aber mach dir keinen Stress. Noch kommen wir zurecht», sage ich beschwichtigend.

«Fein. Vielleicht wollt ihr mich ja auch mal besuchen kommen?»

«Aber nur, wenn du Unterwäsche anhast», sagt Emil bockig.

«Könnte ich einrichten», erwidert Juli, nach wie vor blendend gelaunt. «Ich wünsche euch noch einen schönen Tag.»

Sie legt auf, und Emil wendet sich entschuldigend an mich.

«Ganz schön peinlich, meine Mutter, oder?»

«Na ja, geht», beschwichtige ich.

«Ich finde sie extrem peinlich», erwidert Emil unbeeindruckt und will sofort darauf eine weitere Folge seiner Zombieserie starten.

«Nee», bremse ich ihn aus. «Lass uns mal rausgehen.»

«Was machen?»

«Einkaufen. Heute ist Sonntagsmarkt. Du hast mir ja jetzt schon meine gesamten Nahrungsmittelvorräte aufgefuttert.»

«Von mir aus.»

Auf dem Weg zum Markt treffen wir Anton und Lennart, zwei Freunde von Emil, was man schon am sehr ähnlichen Outfit und der sehr ausgiebigen Variante des Abklatschens, mit der sie sich begrüßen, festmachen kann. Ich stehe etwas unbeholfen daneben, denn mit mir will sich niemand abklatschen.

«Ey, was geht bei euch? Seid ihr auch am Abchillen?», setzt Emil das Gespräch lässig in Gang.

«Aber verschärft. Und bei dir so?», fragt Lennart.

«Hab gerade vier Episodes der vierten Season von *TWD* gebinged», berichtet Emil stolz.

«Mega. Ganz schön krass, oder?», meldet sich jetzt auch Anton zu Wort. «Die fünfte Season soll aber noch krasser werden.»

Alle drei nicken. Jetzt möchte ich mich auch an der Unterhaltung beteiligen, als Erzieher ist man ja schließlich immer darauf bedacht, einen guten Draht zu seinen Kunden zu haben. Außerdem hatte ich vor kurzem eine Weiterbildung zum Thema «Jugendkultur verstehen». Dort habe ich einige neue Wörter aufgeschnappt und in mein Vokabelheft geschrieben. Jetzt wäre eine ideale Gelegenheit, sie mal auszuprobieren.

«Ja, war super fresh, die vierte Season. Mega-like!», setze ich an und untermale meine Aussage noch mit zwei nach oben gereckten Daumen und einem breiten Grinsen.

Die drei Jungs blicken mich einen Moment lang entsetzt an, dann ignorieren sie mich wieder.

«Soll ja demnächst ein Spin-off rauskommen», erzählt Emil weiter.

«Double mega-like!», versuche ich es noch einmal. «Da können wir ja mal bingewatchingmäßig zusammen abhängen. Was meint ihr? Yolo. High-five, Bros!»

Ich halte die Hand hoch und will mit «meinen» Jungs

abklatschen, doch es reagiert keiner. Stattdessen starren sie mich an, als wäre ich ein Alien.

«Ey, disst ihr mich jetzt, oder was?», frage ich beleidigt. «Find ich ja echt kontrageil! In your face! Chabo! Babo! Swag!»

«Ey, Emil, wir hauen dann mal ab. Dein Vater ist uns ein bisschen zu schräg.»

«Was? Das ist doch nicht mein Vater!», ruft Emil entsetzt. «Dachtet ihr jetzt, das ist mein Vater, oder was?»

«Äh, ja, warum solltest du sonst mit so 'nem steinalten Typen abhängen?»

«Moment mal», mische ich mich wieder ein. «Ich bin noch nicht mal Mitte dreißig.»

«Das ist ein Freund meiner Mutter. Ich kenne den eigentlich kaum», versucht Emil sich aus der Situation herauszureden.

«Kein Thema, Emil. Wir packen's dann trotzdem. Bis die Tage.»

Wieder verabschieden sich die drei mit einem aufwendigen Abklatschritual. Dann gehen die beiden Jungs weiter.

«Das ist schon sein Vater, oder?», flüstert der eine dem anderen nach wenigen Schritten zu,

«Klar, wer soll das sonst sein?»

«Das ist nicht mein Vater! Echt nicht!», schreit Emil ihnen hinterher und wendet sich dann wütend an mich. «Alter, was sollte das denn?!»

«Wieso, ich wollte nur ein bisschen Vokabeln üben. Deine Homies sind doch voll chillig. Du verlierst schon nicht an Street Credibility.»

«Alter, ich hab verdammt noch mal keine Ahnung, von was du redest. Aber lass es einfach sein, klar?!»

«Klar.»

Emil ist jetzt wirklich sauer. Die heutige Jugend versteht aber so gar keinen Spaß. Um heute noch ein paar Pluspunkte zu sammeln, spendiere ich Emil eine große Tüte Chips und eine Cola. Wir setzen uns auf eine Parkbank, und ich zeige ihm, wie man die Flasche lässig mit den Zähnen aufmacht.

«Jetzt pass auf. So kannst du bei deinen Bros hier *in the hood* beim nächsten Mal richtig Eindruck schinden.»

«Übertreib es nicht, ja?»

Ich unterdrücke mein Schmunzeln, stecke mir die Flasche in den Mund und möchte sie genauso lässig öffnen, wie ich es mit Zwenn geübt habe. Doch plötzlich knackt es laut in meinem Mund, und dem Geräusch folgt ein stechender, meinen ganzen Körper durchdringender Schmerz.

«AAAAAAAAAAAAaaaaaaaaaaaahhhhhhhh!»

«Was ist passiert?», will Emil besorgt wissen.

Ich fahre mit meiner Zunge vorsichtig über die Kauflächen und erspüre einen weit auseinanderklaffenden Spalt im Backenzahnbereich.

«Ich glaube, mein Zahn ist gespalten.»

Emil blickt mich erschrocken an. «Mach jetzt keinen Scheiß, Alter.»

5

Ich rufe den Zahnärztlichen Notdienst an, da reguläre Zahnärzte an Sonntagen ja bekanntermaßen geschlossen haben, und schildere meine Misere.

«Haha, mit 'ner Colaflasche den Backenzahn gespalten. Das ist wirklich selten dämlich, das muss Ihnen erst mal einer nachmachen. Anneliese, ich hab da einen dran, der hat sich allen Ernstes beim Aufmachen einer Colaflasche den Backenzahn gespalten.»

«Haha. Selten dämlich.»

«Ja, hab ich auch gesagt. Haha.»

Nachdem man sich beim Zahnärztlichen Notdienst ausgiebig auf meine Kosten amüsiert hat, werden mir Name und Adresse einer Bereitschaftszahnärztin in meiner Nähe durchgegeben: Dr. Pandora Buntschuh.

Interessanter Name, denke ich mir und hoffe gleichzeitig, dass sie keine Büchse hat, die ich öffnen muss. Es sei denn, darin befinden sich Betäubungsmittel, denn die wären mir jetzt herzlich willkommen. Die Schmerzen sind nämlich kaum auszuhalten.

Bevor wir allerdings zur Praxis von Frau Dr. Buntschuh aufbrechen können, muss ich Emil noch überreden, überhaupt in Zwenns Colt einzusteigen. Er glaubt mir weder, dass das Fahrzeug für den Straßenverkehr zugelassen noch dass es verkehrstauglich ist. Erst als ich ihm hoch und heilig versichere, dass ich damit bereits Hunderte von Kilometern erfolgreich zurückgelegt habe und dabei völlig unversehrt geblieben bin, steigt er zögerlich ein.

«Aber nur, weil es ein Notfall ist.»

Von einer Arztpraxis erwarte ich aus langjähriger Erfahrung als Patient Folgendes: muffige Räume, ignorante Praxishelferinnen, extrem lange Wartezeiten und überforderte Ärzte.

In der Praxis von Frau Dr. Buntschuh finden wir nichts von alledem vor. Im Gegenteil: Die Praxis ist frisch renoviert. Alles wirkt neu und hell. Die ganze Atmosphäre ist angenehm und beruhigend. Sogar die Zahnarzthelferin ist freundlich und zuvorkommend. Nachdem ich mein Malheur geschildert habe, schenkt sie mir einen mitfühlenden Blick. Ich parke Emil im Wartezimmer und werde danach sofort in einen Behandlungsraum geführt.

Dort warte ich auf dem Behandlungsstuhl und starre in das grelle Licht der OP-Leuchte, als *sie* plötzlich zur Tür hereinkommt und mit ihr ein betörender Duft nach Aprikosen und Lavendel: Dr. Pandora Buntschuh, eine Lichtgestalt von einer Frau. So elegant in ihrem enganliegenden, blütenweißen Zahnärztinnen-Outfit, so makellos ihre Haut, so voll und glänzend ihr Haar. Engelsgleich. Bezaubernd. Genau mein Typ. Und nur unwesentlich älter als ich. Hier und jetzt schwöre ich mir, meinen Zahnarzt zu wechseln und von nun an monatlich zur Kontrolle bei Frau Dr. Buntschuh zu erscheinen. Vielleicht sogar wöchentlich.

«Herr Herrlich, da haben Sie aber ganz schön was angerichtet. Wie ist das denn passiert?», fragt Pandora Buntschuh, als sie vornübergebeugt meinen Backenzahn begutachtet und dabei den Blick auf ihr Dekolleté freigibt.

«Nag, hab, kno», erwidere ich, da es sich mit gespreiztem

Kiefer ja nicht ganz so gut sprechen lässt, was sich aber bisher offenbar zu keinem Zahnarzt der Welt herumgesprochen hat, denn die wirklich entscheidenden Fragen werden immer dann gestellt, wenn der Patient garantiert keine vernünftige Antwort geben kann.

«Hm», sagt sie nickend, so als hätte sie mich ganz genau verstanden. «Wir gehen das am besten sofort an.»

«Ha. Ke.»

«Narkose brauchen Sie ja nicht, oder?»

Doch!, schreie ich innerlich, halte mich äußerlich aber vornehm zurück. Ich will ja nicht jetzt schon als Weichei dastehen und mir die Chancen bei ihr von vornherein verspielen.

Außerdem klemmt Pandora meinen Kopf in ihren Busen, und das ist mit Abstand das Schönste, was ich in den letzten Wochen erlebt habe. Diesen Moment möchte ich bei vollem Bewusstsein auskosten.

Was danach kommt, ist dann allerdings nicht mehr ganz so schön, denn Pandora legt nun richtig los und fuhrwerkt an meinem Zahn herum, als wäre sie ein Bergarbeiter in einem chinesischen Bergwerksstollen und ich, na ja, um im Bild zu bleiben, der chinesische Bergwerksstollen. Die unsäglichen Schmerzen, die der Bohrer verursacht, ertrage ich heldenhaft und antworte auf ihre besorgte Nachfrage, ob es denn weh tue, mit einem dümmlichen: «Eeh, eht ohn.»

Nach fünfundvierzig Minuten Martyrium beendet Pandora schließlich die Prozedur.

«So, Herr Herrlich, das hätten wir. War doch gar nicht so schlimm, oder?»

Völlig geschlaucht, bleich und malträtiert schüttle ich den Kopf.

«Morgen sehen wir uns wieder.»

Ich stehe auf, oder besser, ich versuche aufzustehen, bin aber so wackelig auf den Beinen, dass ich das Gleichgewicht verliere, nach Halt suche und dabei versehentlich das komplette Zahnarztbesteck abräume. Danach lasse ich mich wieder kraftlos zurück in den Behandlungsstuhl fallen.

«Ja, bleiben Sie noch einen Moment sitzen, Herr Herrlich, damit Sie wieder zu Kräften kommen. Hier, trinken Sie erst mal was.»

Die Ärztin reicht mir einen Becher Wasser und lächelt mich mitfühlend an. Wir blicken uns lange und tief in die Augen. Ein Magic Moment. Dann nimmt Pandora ein Tuch und tupft mir den Sabber aus den Mundwinkeln. Was für eine Frau!

Kurze Zeit später spaziere ich aus dem Behandlungszimmer, winke Emil zu mir und will mit ihm die Praxis verlassen, doch dummerweise denke ich nicht daran, dass diese eine Glastür hat. Ich renne mit voller Wucht dagegen. Emil eilt mir zu Hilfe, während ich mich zu Pandora umdrehe, die in der Tür zum Behandlungszimmer steht und mich besorgt anblickt.

«Nichts passiert», sage ich souverän lächelnd.

Emil öffnet derweil die Glastür. Ich drehe mich um und renne dann noch mal mit voller Wucht gegen die gläserne Kante der Tür. Wieder sehe ich souverän lächelnd zu Pandora zurück.

«Nichts passiert.»

«Herr Herrlich, wenn Sie so weitermachen, können Sie gleich dableiben», flirtet Pandora schmunzelnd.

«Nichts würde ich lieber tun», flirte ich zurück, drehe

mich um und wäre fast ein weiteres Mal gegen die Kante gerannt, wenn Emil mich nicht geistesgegenwärtig zur Seite gezogen hätte.

Draußen auf der Straße stellt er mich zur Rede.

«Ist da drinnen irgendetwas passiert, das ich wissen muss?»

«Nee, wir hatten einfach 'ne schöne Zeit», sage ich verträumt. «Na ja, gut, bis auf die Behandlung, die war nicht ganz so schön.»

Emil beäugt mich kritisch. «Du wirkst irgendwie komisch.»

«Ja? Frau Dr. Buntschuh ist eine so tolle Frau», schwärme ich. «Ich glaube, ich habe mich direkt ein bisschen verliebt.»

Der Junge blickt mich mit weit aufgerissenen Augen an. «Entschuldige mal bitte. Hab ich mich verhört? Du hast dich während einer Zahnbehandlung verliebt?»

«Na ja, klingt jetzt komisch, gebe ich schon zu. Vor allem, wenn es aus deinem Mund kommt. Aber ja, so ist es vermutlich.»

«Oh, Mann! Ist dir das schon öfter passiert? Ich meine, dass du dich in jemanden verliebst, den du kein bisschen kennst?»

Ich denke nach und komme zu dem Schluss, dass es bei mir im Prinzip eigentlich immer so abläuft.

«Ja, schon», gebe ich ehrlich zu. «Warum?»

«Und warst du dann nur noch auf diese eine Frau fixiert und hast dich für keine andere mehr interessiert, weil die eine ja die *Richtige* ist?»

«Äh, ja, das trifft durchaus zu, warum?»

Emil nickt wissend. «Weil diese Krankheit einen Namen hat. Sie heißt *Oneitis,* oder auf Deutsch: Die-eine-oder-keine-Seuche.»

Ich schüttle verstört den Kopf. «Was redest du da, Kind?»

«Ich rede davon, dass du eine Person, die du überhaupt nicht kennst, glorifizierst und dir dadurch die Möglichkeit verbaust, auf Augenhöhe mit ihr in Kontakt zu treten.»

Ich blicke Emil stumpf an. Irgendwo ganz weit hinten in meinem Kopf klingelt es, doch ich ignoriere das erfolgreich. Dennoch verdüstert sich meine Laune dramatisch, denn mit einem Schlag werden mir all die Enttäuschungen wieder bewusst, die ich im Laufe meines Lebens bei meinen Versuchen, Angehörige des anderen Geschlechts für mich zu begeistern, erlitten habe, und plötzlich werde ich ganz mut-, kraft- und antriebslos.

«Na, wie auch immer», sage ich. «Ist ja auch egal. Ich lasse das mit den Frauen am besten ganz und werde Mönch.»

Emil blickt mich mitfühlend an und hat ganz offenbar ein schlechtes Gewissen, weil er mir die Laune versaut hat.

«Warum sagst du das jetzt?»

«Weil das zwischen mir und den Frauen einfach nicht funktioniert, und was nicht funktioniert, kann weg. Und jetzt komm, lass uns nach Hause.»

Ich drehe mich um und gehe Richtung Auto. Emil trottet gedankenverloren hinter mir her.

«Ich könnte dir mit deinem Problem helfen.»

«Du?», platzt es aus mir heraus. «Nee, komm, lass mal.» Ich schüttle belustigt den Kopf.

«Was gibt's da zu lachen? Ich bin zertifizierter Master-Pick-up-Artist.»

«Aha. Toll.»

«Ja!», sagt Emil mit stolz geschwellter Brust.

«Ich habe trotzdem keine Ahnung, wovon du redest», gebe ich zu.

Emil schüttelt belustigt den Kopf. «Aber du weißt schon, was Pick-up ist, oder?», fragt er in einem Tonfall, als spräche er von einem Stuhl und ich wüsste nicht, was das ist.

«Ein Auto mit Ladefläche?», versuche ich mein Glück.

«Das andere Pick-up meine ich natürlich! Die Lehre der Verführungskunst.»

«Tantra?»

«Nei-in! Pick-up!» Emil wird jetzt deutlich ungeduldiger.

«Ja, wie auch immer. Ich denke, ich komme alleine zurecht», beende ich das Gespräch und steige in den Colt.

Als wir bei mir zu Hause eintreffen, stöpselt Emil sein iPad erneut an meinen Fernseher an, weil er mir unbedingt etwas zeigen muss. Ich setze mich aufs Sofa und bin gespannt, was mich erwartet.

«Aber nicht wieder irgendwelche Zombie-Orgien. Ich hab noch nichts gegessen.»

Er gibt mir einen heftigen Ellenbogencheck und zeigt auf den Fernseher. «Pscht. Es geht los.»

«Au!»

«Aufpassen!», zischt er mich an.

Auf dem Bildschirm ist eine Hotelbar zu sehen. Gedämpftes Licht. Leise Klaviermusik. Der Barkeeper putzt ein Glas. Am Tresen sitzt eine junge, sehr attraktive Frau in einem kurzen engen Kleid und nippt gelangweilt an einem Drink. Ein hagerer junger Mann, der einen sehr nervösen Eindruck macht, nähert sich ihr von hinten. Er zögert, schwitzt, hadert, tippt ihr dann auf die Schulter. Die Frau dreht sich umständlich zu ihm um, wirft ihm einen angewiderten Blick zu und dreht sich wieder zurück.

«Sch-sch-schönes Wetter heute, ah?», stottert der hagere Mann nervös.

Ein Tröten erklingt. Das Licht wird schlagartig hell, die Klaviermusik verstummt. Die Protagonisten fallen aus ihrer Rolle. Die Kulisse, die nur aus Stellwänden besteht, wird abgebaut. Ein gut aussehender, durchtrainierter Mann, der vermutlich wenige Jahre älter ist als ich, kommt ins Bild.

«Das ist Papa», sagt Emil stolz.

Ich blicke ihn irritiert an, dann wieder zum Fernseher.

Emils Vater spricht in die Kamera. «Hi, ich bin Till Torpedo. Damit Ihnen so etwas nie wieder passiert, habe ich ein Programm für Sie entwickelt, mit dem Sie alles lernen, was der *Neue Mann* wissen muss: Frauen in egal welcher Situation richtig ansprechen und verführen, sie zur Freundin machen oder auch nicht, Exfreundinnen zurückgewinnen und, und, und. Das New-Man-Bootcamp macht aus Ihnen einen Mann, von dem Frauen träumen. Garantiert! Und das Ganze für günstige 1999 Euro. Melden Sie sich jetzt an. Es sind nur noch wenige Plätze verfügbar!»

Am Ende des Spots wird die Nummer einer Bestellhotline eingeblendet.

«Till Torpedo? Ernsthaft?», sage ich, im Gegensatz zu Emil mit eher geringer Begeisterung für den kleinen Werbefilm.

«Na klar. Das ist sein *Stage Name*.»

«Sein *Stage Name*?»

«Ja, sein *Stage Name*! Eigentlich heißt er ja Tillmann Hopfenrieder, aber Till Torpedo klingt cooler», belehrt mich der Junge.

«Find ich jetzt nicht direkt.»

«Ich schon. Willst du wissen, was mein *Stage Name* ist?»

«Du hast einen *Stage Name*?»

Emil stöhnt auf. «Würde ich dich sonst fragen, ob du meinen *Stage Name* wissen möchtest?»

«Ich denke mal, die richtige Antwort auf diese Frage ist: nein?»

«Korrekt. Also, möchtest du ihn wissen?»

«Ja. Sehr, sehr gerne, lieber Emil.»

Der Junge blickt mich streng an, dann verkündet er stolz: «Mein *Stage Name* ist Emil Emmentaler.»

«Cool», sage ich so ruhig, wie es mir möglich ist, und muss mich dabei schwer zusammenreißen, damit ich nicht sofort losspruste.

«Ja, geil, oder? Hab ich mir selbst ausgedacht!»

«Ja, richtig geil», lobe ich ihn und wechsle schnell das Thema, «und der Kurs kostet 1999 Euro? Wer bitte zahlt denn für so was?»

«Viele Leute. Würde dir bestimmt auch nicht schaden.»

«Lächerlich.»

Emil blickt mich eindringlich an. «Pass auf, ich mach dir ein Angebot.»

«Nämlich?»

«Ich kann das mittlerweile alles auswendig, und bei mir bekommst du den ganzen Kurs für sagenhafte zweihundert Euro! Na, was sagste?»

«Nein danke, sage ich. So verzweifelt bin ich nun auch wieder nicht, dass ich mir von einem Elfjährigen beibringen lassen muss, wie man mit Frauen umgeht», antworte ich kopfschüttelnd und fange an, dem Jungen sein Bett auf meiner Couch herzurichten.

Emil blickt mich lange und eindringlich an.

«Was?», frage ich schließlich.
«Ab morgen kostet's dreihundert.»
«Lächerlich.»

6

«Hast du dir mein Angebot noch mal überlegt?», fragt Emil am nächsten Morgen beim Frühstück betont nebensächlich, während er das Salz von seinem Laugenbrötchen entfernt.

«Ja, habe ich», antworte ich ebenso nebensächlich.

«Und?»

«Ich bleibe beim Nein.»

«Tja, dann wird das wohl nichts mit deiner Zahnärztin», sagt Emil achselzuckend und nimmt einen ausgiebigen Schluck Kakao aus seiner Tasse.

«Das werden wir ja sehen. Ich hab mir nämlich überlegt, dass ich doch kein Mönch werden will, sondern einen allerletzten Versuch wagen werde.»

«Klingt gut. Was willst du machen?»

«Ich werde nachher einen riesigen Strauß Blumen kaufen und Frau Dr. Pandora Buntschuh mitteilen, dass ich sie liebe, ganz einfach. Dass ich sie heiraten will, dass sie die Mutter meiner Kinder werden soll, dass ich sie wärmen werde in der kalten Zeit und sie kühlen in der heißen. Dass sie die Liebe meines Lebens ist, das Feuer meiner Lenden, meine Göttin der Fruchtbarkeit und des Glücks!»

Emil blickt mich entsetzt an.

«Mann, war 'n Scherz», rufe ich fast schon beleidigt aus. «Ich weiß noch nicht, was ich sage. Ich werde was improvisieren und sehen, was passiert. Vielleicht fragt sie ja auch mich, ob ich mit ihr was trinken gehen möchte.»

«Wirklich? Darauf wartest du? Dass sie dich fragt?»

«Na, kann doch sein, oder?»

«Nein, kann nicht sein. Das wird nicht passieren. Das passiert nie. Und das weißt du auch. *Du* musst die Initiative ergreifen, und *du* brauchst eine Strategie.»

«Ach, Strategiepapo, nix brauche ich», beende ich die Unterhaltung.

Als wir eine Stunde später in Pandora Buntschuhs Praxis ankommen, schwant mir, dass das Kind recht gehabt haben könnte, denn ich werde plötzlich so nervös, dass an Improvisation oder gar Leichtigkeit nicht zu denken ist. Meine Beine sind vor Aufregung butterweich, und ich habe Mühe zu gehen. Am Empfangstresen kann ich auf die Fragen der Praxishelferin nur dämlich nicken, und mein bisschen Entschlossenheit ist jetzt gänzlich verschwunden. Eine Strategie wäre jetzt super.

Doch dafür ist es nun zu spät. Ich werde in das Behandlungszimmer geführt und nehme auf dem Behandlungsstuhl Platz. Mir wird ein Lätzchen umgebunden, und wenig später schwebt auch schon Pandora herein. Sie sieht noch schöner aus als beim letzten Mal.

«Herr Herrlich, wie ist es Ihnen ergangen? Alles in Ordnung?», fragt sie sanft und reicht mir die Hand.

«Ja, schon …», will ich ansetzen, doch da hat sie schon ihren Zahnarztspiegel in der Hand und hält ihn mir einlassfordernd vor den Mund.

«Dann zeigen Sie doch mal.»

«Aaah.»

Pandora scheint zufrieden zu sein. «Das sieht doch ganz hervorragend aus. Alles da, wo es hingehört. Hab ich doch super gemacht. Oder?», fragt sie und zwinkert mir dabei vertraulich zu.

Mit einem Spiegel im Mund kann ich natürlich mit nichts anderem antworten als mit einem Nicken.

«Das war's auch schon für heute. Alles prima so weit.»

Pandora legt den Spiegel beiseite, fährt den Behandlungsstuhl in die Ausgangsposition, zieht sich währenddessen die Gummihandschuhe aus, nimmt mir das Lätzchen ab und reicht mir die Hand.

«Wenn nichts mehr ist, müssen Sie erst mal nicht wiederkommen. Einen schönen Tag und auf Wiedersehen, Herr Herrlich.»

Und dann ist sie auch schon fast zur Tür hinaus. Wenn ich jetzt nicht sofort reagiere, ist sie weg.

«Ähm, ich ...», setze ich an.

Pandora bleibt stehen und dreht sich noch einmal um.

«Ja? Ist noch was, Herr Herrlich?», fragt sie freundlich. Aber ich merke deutlich, dass sie ungeduldig ist und gerne weitermöchte.

«Ich wollte Sie fragen, ob ... ähm ...»

«Ja?»

«Sie fragen, ob Sie ...»

«Jaaa?»

«Sie fragen, ob Sie eventuell ...»

«Krankschreibung für heute? Kein Problem, bekommen Sie vorne.»

Und schon ist sie weg.

«Ja, eine Krankschreibung, genau. Danke», sage ich resigniert, «und Ihnen auch noch einen schönen Tag. Bis zum nächsten Mal dann. In einem halben Jahr oder so. Tschü-üss!»

Als ich mit Emil die Praxis verlasse, blickt er mich verschmitzt an.

«Frag nicht», sage ich schmallippig.

«Hätte ich auch gar nicht getan. Denn ich wusste ja bereits, dass so etwas ohne Strategie kaum klappen kann. *Who fails to plan, plans to fail*», sagt er in besserwisserischem Ton und mit nicht zu übersehender Schadenfreude.

Schlecht gelaunt setze ich mich ins Auto. Emil steigt ebenfalls ein.

«Aber ich habe eine kleine Facebook-Recherche für dich gemacht und einiges über Frau Dr. Buntschuh herausgefunden.»

«Aha, was denn?», frage ich neugierig.

«So ziemlich alles. Was willst du denn wissen?»

«Na, zum Beispiel: Ist sie Single?»

«Ja.»

«Puh. Das ist ja schon mal super. Und hat sie Kinder?»

«Nein.»

«Okay. Und wenn, wäre das auch kein Hinderungsgrund. Was gibt's noch?»

«Sie hat so ein Faible für Mittelaltersachen. Rollenspiele und so.»

«Aha, klingt zumindest interessant.»

Emil blickt mich eindringlich an.

«Was?»

«Komm schon, gib dir 'nen Ruck. Du hast doch keinen blassen Schimmer, wie du an sie rankommen sollst, oder?»

«Noch nicht», verbessere ich ihn halbherzig.

«Du hast nichts zu verlieren. Neben dir sitzt ein Pick-up-Mastermind und ist bereit, dir zum Unkostenpreis zu helfen. Was gibt's da noch zu überlegen? ... Komm schon!»

Ich blicke den Jungen an und denke mir, was für ein Schwachsinn es doch wäre, sich von einem Kind Ratschläge in solchen Dingen zu holen. Wie verzweifelt muss man sein, um sich auf so etwas einzulassen? Wie kann man danach überhaupt jemals wieder in den Spiegel blicken? Wie kann man danach je wieder seine Selbstachtung zurückgewinnen?

Drei Minuten und siebenundvierzig Sekunden nach diesen Gedanken stehen wir am Geldautomaten, und ich übergebe einem bestens gelaunten und zufrieden lächelnden Emil einen Fünfzigeuroschein.

«Erst mal das. Den Rest bei Erfolg. Und wenn sich der nicht einstellt, hol ich mir das Geld zurück. Damit das klar ist. Und zwar mit Gewalt!», drohe ich mit erhobenem Zeigefinger.

Dass sich der Erfolg tatsächlich einstellen wird, glaube ich immer noch nicht, aber in meiner gegenwärtigen Situation greife ich selbst nach diesem Strohhalm. Und so begeistert und motiviert wie der Junge im Angesicht der neuen Aufgabe wirkt, wäre es außerdem pädagogisch nicht zu vertreten, sich dem in den Weg zu stellen. So hat er wenigstens eine Beschäftigung, die ihn davon abhält, sich den ganzen Tag durch Zombie-Gemetzel abstumpfen zu lassen. Denke ich mir zumindest. Und wer weiß? Vielleicht hat er tatsächlich den ein oder anderen Tipp, der mir helfen könnte.

«Einverstanden», sagt Emil und steckt den Schein schnell ein.

«So, und jetzt schnell zurück zur Praxis, und auf dem Weg dorthin sagst du mir, was ich tun soll», drängle ich.

«Moment, Moment, so schnell geht das nicht, wir müssen

erst eine Strategie ausarbeiten, wie du dich deinem Zielobjekt nähern solltest», referiert Emil.

«Strategie, Zielobjekt, das klingt ja alles wahnsinnig kompliziert. Ich dachte, du sagst mir jetzt einfach ein paar romantische Sprüche, die ich zu ihr sage, und zack, ist die Sache erledigt.»

Emil schüttelt resigniert den Kopf. «Du bist echt ein schwieriger Fall. Hat Romantik bei dir jemals funktioniert, um eine Frau herumzukriegen?»

Ich denke nach. «Nö.»

«Siehste! Du musst strategisch vorgehen, sonst wird das nichts. Aber zuvor haben wir noch ei-ni-ges an Grundlagenarbeit zu leisten.»

«Und wie lange dauert das Ganze?», frage ich schon deutlich weniger motiviert als am Anfang.

«Einen Tag! Ist ja schließlich ein Intensivkurs!»

7

Als wir wieder zu Hause sind, reicht mir Emil sofort sein iPad, auf dem ich einen Einstufungstest für sein New-Man-Bootcamp ausfüllen soll.

«Der große Don-Juan-Test», sagt er verschwörerisch. «Du hast drei Minuten. Die Zeit läuft!»

In der rechten oberen Ecke wird die Zeit heruntergezählt wie beim Zeitzünder einer Bombe, was mich sehr nervös macht. Zeitdruck habe ich schon in der Schule immer gehasst. Hektisch beginne ich, mir die Fragen durchzulesen und die vermeintlich richtige Antwort zu markieren.

Deine derzeitige Freundin ist sauer auf dich, du weißt aber nicht, warum, und sie sagt es dir auch nicht, sondern straft dich mit Schweigen. Was machst du?

1) Ich schenke ihr Blumen und entschuldige mich für alles, was ich jemals falsch gemacht habe, und für alles, was ich noch falsch machen werde.
2) Ich gehe ein Bier trinken. Die Alte wird sich schon wieder einkriegen.
3) Ich mache Schluss. Für Drama ist mein Leben zu kurz.

Ich wähle Antwort 1).

Deine derzeitige Freundin sagt, sie sei zu dick. Was sagst du?

1) Ja. Stimmt.
2) Nein, bist du nicht Schatz, ich hab deine Sachen nur zu heiß gewaschen. Tut mir leid! Komm, wir kaufen neue!
3) Ich liebe jedes einzelne Kilo an dir, du kleiner Speckbär!

Nach kurzem Zögern entscheide ich mich für Antwort 2).

Deine derzeitige Freundin überrascht dich in sexy Dessous. Was denkst du?

1) Die schönste Frau der Welt, mit der ich gleich die romantischste Nacht meines Lebens erleben werde!
2) So ein Zufall! Genau den gleichen BH hat meine Mama auch!
3) Morgen Kaffeefilter und Mülltüten nicht vergessen.

Ich kann mich erst nicht zwischen 1) und 3) entscheiden, was mich wertvolle Sekunden kostet, doch schließlich entscheide ich mich für 1).

Deine derzeitige Freundin will shoppen gehen und möchte, dass du mitkommst. Deine Antwort lautet:

1) Nein!
2) Ja, gerne. Ich liebe es, im grellen Neonlicht Kleider auszusuchen und in zu engen Umkleidekabinen zu schwitzen.
3) Ich traue mich nicht «nein» zu sagen, gehe widerwillig mit, maule die ganze Zeit herum, setze

mich dann schlechtgelaunt in eine Ecke und tue so, als würde ich wichtige Nachrichten auf meinem Handy lesen.

Keine Ahnung. Ich überspringe die Frage. Panik steigt auf. Ich schaffe niemals alle Fragen.

Deine derzeitige Freundin will sich dein Auto ausleihen. Was sagst du?

1) Nein!
2) Ja, okay, aber sei bitte, bitte vorsichtig.
3) Der Knüppel in der Mitte ist zum Schalten, nicht zum Draufsetzen, ja? Höhöhö.

Da ich kein eigenes Auto habe: Antwort 1).

Hatten Sie schon mal mit zwei Frauen gleichzeitig Sex?

1) Ja.
2) Nein.
3) Vielleicht.

Ha, das ist einfach: Antwort 2).

Was ist einer Frau wichtig in der Beziehung?

1) Treue, Spaß, Humor, Romantik, Vertrautheit.
2) Sex.
3) Keine Ahnung, was geht mich das an?!

Määääp! Zeit ist abgelaufen. Leider habe ich nur einen Bruchteil der Fragen beantwortet. Zum Abschluss gibt es noch eine Bonusfrage:

Wie, denkst du, hast du bei diesem Test abgeschnitten?

1) Richtig, richtig geil! So bin ich eben!
2) Mir egal.
3) Wahrscheinlich nicht so gut. Ich bin bei den meisten Sachen leider nicht so gut. :-(

Antwort 3).

Ende. Ich zögere einen Augenblick bevor ich auf den Button «Auswertung» drücke, und das aus gutem Grund, denn als das Ergebnis erscheint, bereue ich bereits, mich darauf eingelassen zu haben. Mein Don-Juan-Level liegt bei sagenhaften vier Prozent. Emil blickt mich fassungslos an.

«So wenig hatte noch keiner.»

«Dieser Test ist doch totaler Quatsch», entgegne ich und versuche, die peinliche Situation mit einem Scherz zu überspielen. «Wie viel Prozent wären denn möglich gewesen?»

«Hundert», sagt Emil, der den Witz nicht kapiert, und nimmt mir das iPad aus der Hand. «Gut. Das heißt, das Ganze wird doch länger als nur einen Tag dauern, denn wir fangen komplett bei null an.»

«Na ja, null würde ich jetzt nicht unbedingt sagen …»

«Ich schon», unterbricht mich Emil. «Aber so wissen wir wenigstens, wo wir stehen. Nun müssen wir nur noch herausfinden, wo wir hinwollen.»

Er blickt mich an, als würde er eine Antwort von mir erwarten.

«Äh, nach ganz oben?», stammle ich.

«Richtig, nach ganz oben», nickt er zufrieden. «Und ich bringe dir jetzt bei, wie wir da hinkommen. Willkommen in Emils New-Man-Bootcamp.»

In der folgenden Stunde lässt Emil einen Schwall an Informationen auf mich niederprasseln, den er mit Schaubildern und Diagrammen auf seinem iPad untermalt. Er zeigt mir kleine Clips von Typen, die wildfremde Frauen ansprechen und sie zu einem Kuss überreden, was er einen *Kiss Close (KC)* nennt. Wenn man es nur auf die Telefonnummer einer Frau abgesehen hat, ist das ein *Number Close (NC).* Ein @C, also ein *E-Mail Close*, ist es, wenn man die E-Mail-Adresse bekommt.

Um all die schönen Closes zu erreichen, benötigt man laut Emil vor allem das richtige *Mindset* und eine gute *Body Language,* denn wenn man das beides hat, dann hat man *Game,* und das soll wohl das Wichtigste überhaupt sein. Was genau *Game* ist, kann er mir aber nicht erklären.

«Kann man nicht erklären. *Game* hat man, oder man hat es nicht. Man ist dann eben voll cool und im *Flow.*»

Mit *Game* und dem richtigen *Opener*, also den ersten Worten, mit denen man ein Gespräch eröffnet, kann man dann ins *Field* gehen und Frauen ansprechen.

Da sich nach Emils Erfahrung Frauen hauptsächlich in Gruppen bewegen – ich wundere mich, dass er nicht gleich das Wort Herde benutzt –, braucht man einen *Wingman*, also eine zweite Person, die einem dabei hilft, die anderen Frauen abzulenken, damit man sich nur mit dem *Target* beschäftigen kann.

Und wer all das beherrscht, ist ein *Pick-up Artist*, kurz *PUA*, und grenzt sich durch sein Können eindeutig vom *AFC (Average Frustrated Chump)*, also dem durchschnittlichen frustrierten Dödel, ab.

Nach so viel Vokabular brummt mir langsam der Kopf, und ich fordere eine Pause. Emil gibt sich gnädig und verkündet, dass zur Auflockerung nun sowieso eine praktische Übung auf dem Programm stehe, denn wenn man alles nur theoretisch wisse und nie ins *Field* gehe, werde man nie ein *PUA*.

«Deshalb kommt zum Warmwerden nun die erste Übungseinheit: die Blickkontaktübung», verkündet er feierlich.

Wenig später in der U-Bahn erklärt Emil mir das Vorgehen.

«Direkter Blickkontakt stimuliert den primitiven Teil des menschlichen Gehirns. Lang anhaltender Blickkontakt erzeugt einen emotionalen Zustand, der Angst ähnelt. Wenn du das aushältst, wird dein Selbstbewusstsein wachsen. Aufgabe ist es jetzt also, eine Person zu fixieren und ihr so lange in die Augen zu blicken, bis sie den Blickkontakt abbricht.»

«Superleichte Übung», winke ich ab, drehe mich suchend um und erblicke einen sehr blassen, sehr schüchtern wirkenden Mann Anfang zwanzig, den ich nur ganz kurz ansehe und der daraufhin sofort zu Boden schaut.

Ich wende mich triumphierend an Emil. «Na, haste gesehen? Man nennt mich auch den Mann mit dem Laserblick.»

Der Junge lächelt gelangweilt.

«Versuch's mal mit dem», flüstert er mir zu und zeigt auf einen normal aussehenden Mann mittleren Alters. Normaler geht's eigentlich kaum.

Ich fixiere ihn. Nach einer Weile nimmt der Mann mich wahr und blickt mich lange und ohne jegliche Anzeichen von Nervosität an. Ich muss mich nach einigen Sekunden ziemlich zusammenreißen, um dem Blick weiterhin standzuhalten. Ich merke, wie ich verkrampfe. Mit meiner ganzen Willenskraft unterdrücke ich ein Blinzeln. Mein Körper ist gespannt wie eine Stahlfeder. Kein Wunder, dass ich diese übermenschliche Anstrengung nicht lange durchhalten kann und schließlich wegsehen muss. Noch im gleichen Moment ärgere ich mich wahnsinnig über mich selbst und fühle mich wie der größte Versager. Mein Selbstbewusstsein ist im Keller. Völlig zerstört. Kaputt, aus, fertig, erledigt.

Emil grinst mich wissend an. «Sie nannten ihn Laser, ja?»

Ich sehe verächtlich auf ihn herab. Dann packt mich der Ehrgeiz. Ich suche mir einen besonders fies wirkenden, bulligen Typen in Lederkluft und mit grimmigem Gesichtsausdruck aus.

«Den da», sage ich entschlossen.

«Übernimm dich nicht», mahnt Emil, doch ich lasse mich nicht mehr von meinem Vorhaben abbringen und fixiere den fiesen Typen. Der wird nach einer Weile darauf aufmerksam und wirft mir einen düsteren Blick zu. Ich komme schon nach zwei Sekunden ordentlich ins Schwitzen, halte dem Blick aber dennoch stand. Emil wirkt beeindruckt. Der fiese Mann lässt seinen Blick aber immer noch nicht sinken, und mir rinnt mittlerweile der Schweiß in Sturzbächen über die Stirn. Plötzlich steht der Typ auf, kommt – ohne den Blick auch nur einmal abzuwenden oder zu blinzeln – auf mich zu und bleibt direkt vor mir stehen.

Jetzt ist es aus, denke ich, jetzt verpasst er mir gleich einen so heftigen Schlag, dass ich den Rest meiner Tage sabbernd im Rollstuhl verbringen werde. Im günstigsten Fall. Im ungünstigsten Fall tritt der Hirntod sofort ein.

«Hi, ich bin der Bruno», sagt der Typ mit Reibeisenstimme und lächelt mich vielsagend an.

«Hi, ich bin der Christoph», kann ich gerade noch piepsen, bevor Bruno meinen Kopf mit beiden Händen packt, ihn zu sich zieht und mir einen sehr leidenschaftlichen und sehr langen Zungenkuss gibt.

Erst bei der nächsten Haltestelle lässt Bruno von mir ab.

«Sorry, bin leider in 'ner festen Beziehung», sagt er zum Abschied und gibt mir beim Aussteigen noch einen Klaps auf den Hintern.

Zu Hause spüle ich mir als Allerersteś den Mund gründlich mit Wasser aus. Und Seife. Danach putze ich mir die Zähne, und zwar drei Mal. Das war schon sehr, sehr ekelig. Aber nicht, weil ich besonders homophob wäre, sondern eher alliumphob.

Alliumphobie ist die Angst vor Knoblauch, und den hat Bruno vor unserem feurigen Kuss ganz eindeutig reichlich zu sich genommen. Vermutlich in Form eines Döners. Igitt.

Emil sitzt derweil auf dem geschlossenen Toilettendeckel neben mir und blickt auf sein iPad.

«Ich hätte dir vielleicht sagen sollen, dass der Körper bei langem Blickkontakt Phenylethylamine erzeugt, die einem das Gefühl geben, verliebt zu sein», sagt er ungewohnt selbstkritisch.

«Ja, das hättest du mir vielleicht sagen sollen!», schnauze ich ihn an.

«Ansonsten hat's doch super geklappt, oder?», erwidert er. «Beim nächsten Mal nimmst du einfach 'ne Frau, hm?»

«Es gibt kein nächstes Mal. Ich hab keinen Bock mehr.»

«Wie? Du willst aufgeben?»

«Yup.»

«Und was ist mit deiner Zahnärztin?», fragt Emil, sichtlich um mich besorgt. «Was ist mit all den ungesagten Liebesbekundungen, all den ungeküssten Küssen, den ungezeugten

Kindern? Wenn du jetzt aufgibst, wirst du nie erfahren, wie es ist, mit ihr gemeinsam den Sonnenuntergang zu genießen, auf einen gemeinsamen Erfolg anzustoßen oder einfach nur Arm in Arm einzuschlafen.»

Ich halte inne, weil ich mich gerade ein klein wenig manipuliert fühle, denn das, was er aufzählt, ist natürlich exakt das, was ich mir wünsche. Emil weiß mittlerweile offenbar ganz genau, welche Knöpfe er bei mir drücken muss. Der Gedanke an eine gemeinsame Zukunft mit Pandora lässt mich meine Entscheidung schließlich doch noch einmal überdenken.

«Na gut», sage ich großzügig. «Eine letzte Chance gebe ich der Sache noch.»

«Ein weiser Entschluss», lobt mich Emil.

Doch bevor wir fortfahren, steht unser Anstandsbesuch bei Juli im Krankenhaus an. Auf der Fahrt dorthin warnt mich Emil eindringlich davor, seiner Mutter zu erzählen, was wir heute den ganzen Tag gemacht haben.

«Mama kann damit nicht umgehen.»

Ich blicke ihn stirnrunzelnd an, lasse den Satz aber mal unkommentiert so stehen.

Als wir Julis Zimmer betreten, schläft sie gerade. Und: Sie schnarcht! Zwar leise, aber immerhin. Im Mundwinkel klebt noch etwas von dem Schokoladenpudding, den es offenbar zum Nachtisch gab. Außerdem ist Julis Nachthemd verrutscht, und man sieht die Hälfte einer Brust.

Emil und ich blicken uns kopfschüttelnd an, dann versucht der Junge, das Nachthemd seiner Mutter einigermaßen ordentlich zurechtzuziehen. Juli wacht davon auf und blickt sich verschlafen um.

«Oh, hi, ich muss wohl kurz eingenickt sein», sagt sie benommen, als sie Emil und mich sieht, dann richtet sie sich auf und verzieht sogleich das Gesicht vor Schmerz.

«Hallo, Mama. Wir haben dir Blumen mitgebracht.»

Das haben wir tatsächlich. Weil ich darauf bestanden habe. Emil hat den Sinn einer solchen Geste nicht wirklich eingesehen, sich aber dann doch breitschlagen lassen, und jetzt, als er sieht, wie sehr sich seine Mutter darüber freut, strahlt er ebenfalls über das ganze Gesicht.

«Oh, die sind sehr schön. Vielen Dank! Lass dir doch mal eine Vase von der Schwester geben», sagt Juli und schickt Emil auf den Flur.

Als er weg ist, ergreift sie kurz meine Hand.

«Vielen Dank noch mal, dass du dich um Emil kümmerst. Ich hätte sonst wirklich nicht gewusst, was ich machen sollte.»

«Ist doch selbstverständlich», gebe ich zurück.

Dass ich von Emil gegenwärtig vermutlich mehr profitiere als er von mir, lasse ich mal schön unter den Tisch fallen.

«Um noch mal auf unser Gespräch letztens vor deiner Wohnungstür zurückzukommen», wechselt Juli das Thema. «Du konntest dich also weder an meine Party noch an mich erinnern?»

«Uuuhh.»

«Dann war der Eindruck, den ich hinterlassen habe, wohl doch nicht so bleibend, was?», fragt sie und blickt mich dabei forschend an.

«Ach, so würde ich das jetzt nicht sagen. Mir ist das nur kurzzeitig entfallen. Das Alter, du weißt schon. Mittlerweile kann ich mich ja wieder an alles erinnern.»

«Auch daran, dass wir uns geküsst haben?»

Ups, das ist jetzt aber eine völlig neue Information. Ich lächle sie unsicher an. Sie lächelt mich ebenfalls an und hebt dabei eine Augenbraue.

«Haben wir?», frage ich vorsichtig nach.

«Ja, haben wir.»

«Ich kann ja kaum glauben, dass ich ein so einschneidendes Erlebnis vergessen haben soll», sage ich ernsthaft verwirrt. «Da muss ich mich wohl in einer emotional etwas aufgewühlten Phase meines Lebens befunden haben.»

«Tja, das kann schon mal vorkommen ... Was war denn?», fragt sie vorsichtig.

«Vermutlich eine Trennung. Davon hatte ich einige in den letzten Jahren.»

Juli nickt mitfühlend. «Und wie lange ist die letzte her?»

Ich überlege kurz. «Einen Monat. Vielleicht weniger.»

«Und hast du sie schon verarbeitet?»

«Ich denke schon, ja ...», sage ich und bin darüber im ersten Moment selbst überrascht. Aber es ist tatsächlich so, dass ich schon seit einiger Zeit nicht mehr an Inga und das unrühmliche Ende unserer Beziehung gedacht habe, und jetzt, da ich es tue, merke ich, dass es mir nichts mehr ausmacht. Das steigert meine Laune signifikant. «Ja, ich hab sie verarbeitet.»

Juli lächelt mich an.

«Was hast du verarbeitet?», fragt Emil, der in diesem Moment mit einer Vase zurück ins Zimmer kommt.

«Nichts», sagen Juli und ich nahezu synchron.

Das scheint aber genau das Gegenteil von dem zu bewirken, was wir beabsichtigt hatten, und so haben wir nun Emils volle Aufmerksamkeit. Er mustert uns kritisch von oben bis unten.

«Über was habt ihr geredet, als ich weg war?»

«Wir haben ein Erwachsenengespräch geführt», erklärt Juli knapp, doch Emil lässt sich damit nicht abspeisen.

«Mann, Mama! Das nervt! Du willst, dass ich selbständig werde, aber gleichzeitig behandelst du mich wie ein kleines Kind. Das ist doch total schizo.»

«Schizo?», fragt Juli.

«Ja-a. Du weißt doch, was das ist, oder?»

«Ich denke schon.»

«Gut. Also, über was habt ihr geredet?»

«Über dich, worüber sonst, und darüber, dass ich einen neuen Babysitter für dich organisiert habe», erklärt Juli lächelnd.

«Mann, Mama!»

«'tschuldigung, aber dafür gibt's einfach kein anderes Wort.»

Emil blickt sie missmutig an. «Wen hast du denn?»

«Tante Hedwig würde herkommen.»

Emil entgleisen die Gesichtszüge. «Nee, oder? Tante Hedwig ist ungefähr hundert, stinkt, hört und sieht nichts!»

«Na ja, sie hat halt Zucker. Aber so schlimm, wie du behauptest, ist es nun auch wieder nicht.»

«Es ist schlimmer! Mama! Wenn Tante Hedwig kommt, muss ich mich den ganzen Tag um sie kümmern und nicht umgekehrt!»

Juli zuckt mit den Achseln. «Ich habe aber niemand anderen. Und Christoph hat auch nicht die ganze Woche für dich Zeit.»

«Doch, hat er! Stimmt's, Christoph?», fragt Emil, blickt mich flehend an und formt mit dem Mund lautlos die Worte «bitte, bitte».

Ich tue so, als würde ich nicht verstehen, was er von mir möchte. «Tante Hedwig. Das hört sich doch super an. Von alten Menschen kann man so viel lernen. Ihr habt bestimmt 'ne Menge Spaß.»

Ich lasse meine Bosheit ein paar Sekunden wirken, dann erlöse ich den Jungen und wende mich an Juli.

«Er kann noch ein paar Tage bei mir bleiben, kein Problem.»

«Wirklich?», fragt Juli vorsichtig.

«Ja. Wirklich.»

Emil wirkt sehr, sehr erleichtert, und Juli lächelt mich dankbar an. Dann fällt ihr noch etwas ein.

«Wollt ihr die Wunde noch mal sehen? Ist schon viel besser.»

«Nein!», kommt es nahezu gleichzeitig aus Emils und meinem Mund. «Wollen wir nicht!»

Als wir etwas später die Treppe zu meiner Wohnung hinaufgehen, erschrecke ich plötzlich: Vor meiner Tür liegt jemand in Fötus-Haltung auf dem Fußabstreifer und schläft.

Ich bedeute Emil zurückzubleiben, pirsche mich heran und stelle fest, dass es Hendrik ist. Ich wecke meinen Freund sanft, worauf er mich mit sehr erschöpftem Ausdruck ansieht.

«Hendrik? Was machst du denn hier? Ich dachte, ihr seid in Flitterwochen.»

«Mit Doris ist Schluss», antwortet er mit schwacher Stimme.

«Red keinen Quatsch.»

«Doch, alles aus, ich kann nicht mehr.»

«Ihr habt eben erst geheiratet!»

«Ja», lautet seine knappe und wenig aussagekräftige Erwiderung.

«Bist du betrunken?», frage ich, während ich Hendrik aufhelfe.

«Nein.»

«Was dann? Warum bist du so müde?»

«Ich hab schon lange nicht mehr geschlafen.»

«Wie lange?»

«Sehr, sehr lange.»

«Aha. Wie auch immer, jetzt komm erst mal rein», sage ich und öffne meine Wohnungstür.

Emil blickt mich missmutig an und zischt mir zu: «Wer ist der Typ?»

«Der *Typ* ist mein Freund Hendrik. Und sag nicht *Typ* zu ihm.»

«Wer ist das Kind?», will Hendrik wissen.

«Das ist der Sohn meiner Nachbarin, und ich bin sein Babysitter», erkläre ich.

«Mann!», empört sich Emil und folgt uns in die Wohnung.

«So, und jetzt erzähl mal, was los ist», fordere ich Hendrik auf, als wir im Wohnzimmer sitzen.

«Nichts ist los. Doris und ich haben uns getrennt.»

«Einfach so?»

«Einfach so», wiederholt Hendrik und rutscht tiefer in den Sessel.

«Zwei Tage nach der Hochzeit?»

«Zwei Tage nach der Hochzeit», bestätigt Hendrik und setzt dann zu einem phänomenalen Gähnen an, das sofort auf Emil und mich überspringt.

«Warum?», frage ich und versuche, meine Konzentration

gegen die plötzlich aufkommende Müdigkeit zu behaupten.

«Hm?», brummelt Hendrik mit halbgeschlossenen Lidern.

«Warum habt ihr euch getrennt?»

«Lief nicht mehr so gut. Die Ehe ist der Tod der Liebe. Sagt man doch so, oder?»

«Ja, vielleicht», erwidere ich, «aber damit ist sicherlich eine mehrere Jahre lange Ehe gemeint, nicht eine von zwei Tagen.»

Hendrik hat die Augen geschlossen und rührt sich jetzt gar nicht mehr. Ganz eindeutig eingepennt.

Emil und ich sehen uns verwundert an. Ich greife Hendrik an die Schulter.

«Hendrik?»

Er schrickt auf, beugt sich nach vorne und blickt sich gehetzt um. «Ja! Was ist los?»

«Du bist eingeschlafen.»

«Nee. Glaub ich nicht.»

«Doch.»

Hendrik stützt seinen Kopf auf seine Fäuste, die Ellenbogen auf die Knie.

«Nee. Ich …»

Und wieder nickt er ein. Die Ellenbogen rutschen ab, der Kopf folgt und knallt auf den Tisch. Hendrik wacht davon schlagartig wieder auf und schreckt hoch.

«Wasislos?»

Emil und ich blicken ihn fassungslos an. Das muss jetzt richtig weh getan haben.

«Magst du dich kurz in mein Bett legen und dich ausruhen?», biete ich ihm mitfühlend an.

Hendrik nickt, steht auf, schlurft in mein Schlafzimmer, wirft sich angezogen auf mein Bett und pennt sofort ein.

Ich ziehe ihm wenigstens die Schuhe aus und schließe dann die Tür von außen.

Emil blickt mich kopfschüttelnd an. «Krasse Typen kennst du.»

Ich rufe Hendriks Frau Doris an, die mit den Nerven völlig am Ende zu sein scheint.

«Ich verstehe überhaupt nicht, was los ist», schluchzt sie. «Nach der Hochzeit war er noch ganz normal. Außer, dass er nicht geschlafen hat. Er hat stattdessen alles Mögliche gemacht, nur zur Ruhe ist er nicht gekommen. Hat unser Auto repariert, den Rasen gemäht, die Hecke geschnitten, angefangen, die Hausfassade neu zu streichen, einen Carport gebaut und einen Brotbackofen gemauert. Und als es dann Zeit wurde, zum Flughafen zu fahren, damit wir unseren Flug nach Bali noch rechtzeitig erwischen, hat er sich geweigert und stattdessen gesagt, dass er das alles nicht mehr möchte. Das Haus nicht mehr, den Garten nicht mehr, Matthes nicht mehr, mich nicht mehr. Und dann ist er einfach gegangen.»

Doris weint jetzt hemmungslos.

Ich versuche, sie irgendwie zu trösten, doch es will mir nicht so recht gelingen.

«Wenn er aufwacht, rede ich mit ihm», verspreche ich schließlich.

«Ja, bitte. Und sag ihm, er soll zu uns nach Hause kommen», sagt sie schluchzend.

«Es wird sich schon alles wieder einrenken.»

«Hoffentlich, Christoph, hoffentlich.»

Nachdem ich aufgelegt habe, lasse ich mich erschöpft neben Emil aufs Sofa plumpsen.

«Brauchst dich gar nicht auszuruhen. Das Bootcamp geht weiter. Dein dicker, schlaffer Körper muss auf Vordermann gebracht werden!»

Ich blicke das Kind schockiert an.

«Sag mal, geht's noch?»

«Ja. Geht noch.»

«Sonst noch Wünsche?»

«Mh, vielleicht können wir ein bisschen was mit deinen Haaren machen?»

«Was ist mit meinen Ha… Nein, können wir nicht!», sage ich bestimmt. «Wir lassen alles so, wie es ist, klar? Ich fühle mich wohl damit.»

«Okay. Auf deine Verantwortung. Aber zumindest ein wenig *Peacocking* sollten wir machen.»

«Bitte?»

«*Peacocking!* Aufmerksamkeit erregen, so wie ein Pfau es tut.»

«Ich werde mir ganz sicher keine überdimensionalen Federn an den Hintern heften!», mache ich dem Jungen klar.

«Das ist auch eher im übertragenen Sinn gemeint. Beim *Peacocking* geht es darum, durch ein oder mehrere Kleidungsstücke die Aufmerksamkeit auf sich zu ziehen. Zum Beispiel mit einem coolen Hut.»

Emil zeigt nach oben auf seine Kopfbedeckung.

«Ich hab kein Hutgesicht», sage ich und lehne mich zurück.

«Dann ein Halstuch oder irgendetwas», schlägt Emil weiter vor. «Wir finden schon was. Und nun noch etwas Theorie, und dann geht's weiter zur nächsten Übung: *Number Close* – Frauen ansprechen, um ihre Telefonnummern zu bekommen.»

«Das brauche ich doch nicht», entgegne ich. «Ich will ja nur eine Frau haben, und die heißt Pandora. Was soll ich mit Telefonnummern von wildfremden Menschen? Ich will doch kein Telefonbuch schreiben.»

Emil setzt den nachsichtigen Gesichtsausdruck auf, den er immer parat hat, wenn ich anderer Meinung als er bin.

«Christoph, versteh doch, wir sind immer noch bei der Grundlagenarbeit. Ein Mann ist nur dann wirklich ein Mann, wenn er potenziell jede Frau haben könnte. Denn nur so hat er die Freiheit, die für ihn beste auszuwählen. Außerdem geht es darum, dass du mehr Selbstsicherheit im Umgang mit Frauen gewinnst. Verstehst du?»

Ich verstehe es nicht, gebe meinen Widerstand aber auf und höre mir Emils Theorien beziehungsweise die seines Vaters über *Opener* und *Routinen* an. Im Grunde sind das alles nur irgendwelche Standardsprüche und Gesprächsbausteine, die einem helfen sollen, das Eis zu brechen und über die erste Phase der Nervosität hinwegzukommen, damit man die Unterhaltung mit einer Frau so amüsant wie möglich gestalten kann.

Für einen erwachsenen Menschen mit durchschnittlichen sozialen Fähigkeiten ist das alles eher lächerlich, dennoch: Es macht Spaß, und die Tatsache, dass ich nun weiß, wie ich weitermachen soll, wenn mich die Nervosität übermannt, verleiht mir auf eine seltsame Weise schon jetzt Selbstsicherheit, und genau das ist wohl auch das Ziel der ganzen Aktion.

Nach ein paar Stunden fühle ich mich fit genug, mein neuerworbenes Wissen in der freien Wildbahn auszuprobieren, und wir begeben uns in ein Einkaufszentrum, dem laut Emil besten Ort überhaupt, um Frauen anzusprechen. Bevor ich starte, bekomme ich letzte Instruktionen.

«Beachte die *Drei-Sekunden-Regel*! Also nicht lange überlegen, sondern einfach ansprechen, damit dich nicht die *Approach Anxiety* lahmlegt.»

«Alles klar, *Drei-Sekunden-Regel*», wiederhole ich und versuche, mich wie ein Boxer vor dem großen Kampf in Bewegung zu halten.

«Und achte auf deine *Body Language*!»

«*Body Language*, klar.»

«Und pass auf, dass du nicht zu *needy* rüberkommst.»

«Ist gut jetzt! Ich fang einfach an.»

«Drei Telefonnummern von drei unterschiedlichen Frauen innerhalb einer Stunde», gibt Emil als Zielvorgabe aus.

«Also, drei Nummern von einer Frau zählen nicht? Handy, Festnetz, Büro zum Beispiel?»

«Nein! Und los! Zeit läuft!»

Ich ziehe los und schaue mich nach einer geeigneten Kandidatin um. Mittlerweile habe ich tatsächlich einen Hut auf, zu dem mich Emil zuvor überredet hat und den wir hier in einem Hutgeschäft gekauft haben. Ich fühle mich damit wohler, als ich ursprünglich erwartet hätte. Vielleicht habe ich ja doch ein Hutgesicht.

Die Unterhaltung, die wir eingeübt haben, sähe im Idealfall so aus: Ich tue so, als wäre ich ein kleiner Junge und hätte mich verlaufen, stelle mich neben eine sehr attraktive Frau, die sich in einem Geschäft irgendwelche Dinge ansieht, und warte, bis sie mich beachtet.

Ich (mit der Stimme eines Kleinkindes): «Hallo, du. Ich habe mich verirrt und kann meine Freunde nicht mehr finden, und jetzt hab ich Angst.»

Sie (schmunzelt): «Och, du Armer.»

Ich nicke mitleidheischend und blicke sie mit großen Hundeaugen an: «Willst du meine Freundin sein?»

Sie (schmunzelt): «Na gut.»

Ich: «Danke!»

Dann umarme ich sie spontan und ein wenig zu stürmisch. Die Frau ist überrascht und lacht. Sie findet den Körperkontakt mit mir sehr angenehm, dennoch lasse ich irgendwann von ihr ab und tue so, als würde ich etwas in der Ferne entdecken.

Ich: «Ach, da sind ja meine Freunde!»

Ich mache Anstalten zu gehen und verabschiede mich von ihr: «Tschüssi.»

Sie (fast schon beleidigt): «Das ging aber schnell. Na dann, tschüss.»

Ich gehe weg, komme aber nach drei Schritten zurück und halte ihr mein Handy entgegen.

Ich: «Tipp mir deine Nummer ein, dann ruf ich dich an, und wir können mal im Sandkasten spielen.»

Sie lächelt und nimmt das Handy, zögert aber noch.

Ich: «Ich hab ganz neue Förmchen … und Schaufeln!»

Sie: «Normalerweise gebe ich nicht jedem fremden Mann sofort meine Nummer.»

Ich: «Ich bin vier …»

Sie: «Das ist mir eigentlich fast zu jung …»

Ich: «… bald fünf.»

Sie: «Na dann.»

Sie lächelt mich an und tippt ihre Nummer ein. Bäng! Number Close! Ziel erreicht!

Soweit die Theorie. Aber wie so oft bei mir klaffen Theorie und Praxis weit auseinander. Tatsächlich passiert Folgendes:

Ich schlendere lässig zu einer sehr attraktiven Frau, die sich in einem Geschäft irgendwelche Dinge ansieht, stelle mich entspannt neben sie und warte, bis sie mich ansieht.

Ich (mit der Stimme eines Kleinkindes): «Hallo, du. Ich habe mich verirrt und kann meine Freunde nicht mehr finden, und jetzt hab ich Angst.»

Sie: Knallt mir eine. Ohne Vorwarnung. Einfach so.

Ich (völlig verdattert, mit meiner normalen Stimme): «Äh, damit habe ich jetzt nicht gerechnet. Was hab ich denn falsch gemacht?»

Sie: «Ey, ich hab deinem Kumpel vorhin schon gesagt, wenn einer von euch Blubberköpfen mich noch mal so schwach von der Seite anquatscht, dann fängt er sich eine. Da versteh ich keinen Spaß. Ich bin mit meinem Ekki seit vier Jahren in 'ner festen Beziehung, das lass ich mir von euch Backpfeifengesichtern nicht kaputt hauen. Verstehste mich?!»

Ich (kleinlaut): «Ja. 'tschuldigung.»

Sie: «Dann ist ja gut! Und jetzt mach 'n Abgang!»

Das tue ich dann auch, und während ich über den Plural in «Blubberköpfen» nachdenke, wo ich doch nur ein Singular bin, fällt mir schlagartig auf, was kurz zuvor noch im Verborgenen lag: Ich bin nicht der einzige Hutträger, der hier im Einkaufszentrum auf der Pirsch ist und unbescholtenen Frauen unter den absurdesten Vorwänden ein Gespräch aufzwingt. Ich entdecke noch vier weitere «Kollegen».

Da muss also irgendwo ein Nest sein, denke ich, und fast gleichzeitig entdecke ich es auch schon. Oder besser gesagt, ich entdecke die Bienenkönigin der Hutträger: Tillman Hopfenrieder alias Till Tornado, Emils Vater. Er geht offenbar gerade seinem Broterwerb nach und gibt einer kleinen Gruppe von jungen, sehr unsicher wirkenden Kerlen mit Hüten Anweisungen.

Ich gehe zurück zu Emil, der es sich in der Eisdiele im Obergeschoss gemütlich gemacht hat.

«Das ging ja schnell. Hast du etwa schon die drei Nummern?», fragt er überrascht.

«Ehrlich gesagt nicht», antworte ich wahrheitsgemäß, was bei Emil ein enttäuschtes Ich-hab-es-ehrlich-gesagt-auch-nicht-anders-erwartet-Lächeln hervorruft.

«Dafür habe ich deinen Vater entdeckt», sage ich. «Er scheint von seiner Geschäftsreise zurück zu sein.»

Aus mir unerklärlichen Gründen wird Emil daraufhin plötzlich sehr nervös und blickt sich suchend um. «Echt? Bist du sicher? Wo denn?»

Ich gehe zu der gläsernen Balustrade und deute hinab ins Erdgeschoss.

«Da! Siehst du ihn? Mit seinen Schülern oder wie auch immer man die nennen soll. … Hey, Till!», schreie ich, stecke Daumen und Zeigefinger in den Mund und pfeife schrill.

Emil blickt mich erschrocken an. «Lass das!»

Till sucht die Umgebung nach dem Verursacher des Pfiffs ab. Ich mache mich zusätzlich durch Winken bemerkbar.

«Hey, Till! Hier! Schau mal, wer hier ist!»

«Lass das, habe ich gesagt», raunzt mich Emil von der Seite an und zieht mich in einen für Till nicht einsehbaren Bereich.

«Was ist los?», frage ich verwundert. «Willst du deinen Vater nicht treffen?»

«Nein!»

«Er kann dich doch dann gleich mit zu sich nehmen, hm?

Bei Papa ist es doch bestimmt viel schöner als bei mir.» Und außerdem hätte ich dann noch ein paar freie Tage.

«Nein.»

«Bitte.»

«Nein!»

«Warum denn nicht?»

«Weil eben», erwidert Emil mit Nachdruck.

Ich blicke ihn eine Weile ratlos an.

«Und nun?», frage ich schließlich.

«Am besten schleichen wir uns durch das Parkhaus nach draußen, dann sieht er uns nicht», sagt Emil.

Dann dreht er sich auch schon um und geht hastig weg. Ich folge ihm widerwillig.

«Aber zu Hause erzählst du mir, was das Ganze soll, ja?», rufe ich ihm hinterher.

Zu Hause will er immer noch nicht so recht mit der Sprache herausrücken, sondern setzt sich stattdessen ins Wohnzimmer und sieht sich eine weitere Folge von *The Walking Dead* an. Dabei wirkt er ein wenig traurig und scheint die Handlung nicht wirklich zu verfolgen.

Ich setze mich dazu und versuche, ihn durch Fachsimpelei etwas aufzuheitern.

«Ende der vierten Season? Soll ja noch richtig zur Sache gehen in der fünften Season, wenn der Babo und der Chabo …»

Emil wirft mir einen scharfen Seitenblick zu und gibt damit klipp und klar zu verstehen, dass er jetzt nicht mit mir sprechen will. Ich tue ihm den Gefallen und halte meinen Mund. Nach kurzer Zeit schaltet Emil den Fernseher wieder aus.

«Ich will jetzt pennen.»

«Okay, klar, ich klapp dir das Sofa um.»

Was ich dann auch tue.

«Ach, Emil», frage ich zögerlich, «könnte ich mir mal dein iPad ausleihen? Ich würde nachher gern noch mal kurz mit deiner Mutter sprechen.»

Emil scheint es im Moment relativ schnurz zu sein, was ich mit meinem Leben anfange, denn er antwortet nur lapidar: «Mach.»

Ich wünsche ihm eine gute Nacht und verziehe mich mit seinem iPad in die Küche.

Ich mache mir einen Tee und rufe dann Juli an. Doch kurz bevor sie rangeht, kommt plötzlich Hendrik in den Raum geschlurft, den ich in der Zwischenzeit völlig vergessen hatte. Ich erschrecke dermaßen, dass ich mich an meinem Tee verbrühe.

«Ist ja schon dunkel draußen», sagt er verschlafen.

«Hallo», meldet sich Juli.

Hendrik gibt mir mit einer Geste zu verstehen, dass ich mich nicht stören lassen soll. Er nimmt sich auch einen Tee, setzt sich mir gegenüber und blättert gähnend in der neusten Ausgabe der *Kindergarten heute*. Währenddessen erzähle ich Juli, dass wir Emils Vater getroffen haben.

«Till hat sich bestimmt seit zwei Jahren nicht mehr in Emils Leben blicken lassen und auch auf Emils unzählige Anrufe und Mailboxnachrichten nicht reagiert», teilt sie mir niedergeschlagen mit. «Als Vater ist Till eine absolute Doppel-Null.»

Ich bin überrascht, das zu hören. Aufgrund von Emils Verhalten war ich mir eigentlich ziemlich sicher, dass die beiden ein sehr enges Verhältnis haben, aber offenbar ist genau das Gegenteil der Fall. Emil scheint das Material seines Vaters nur auswendig gelernt zu haben, um ihm nahe sein zu können.

«Till ist wirklich keine Zierde der Menschheit», sagt Juli. «Wie ich mich mal in so einen verlieben konnte, ist mir heute schleierhaft. Aber gut, früher war er auch völlig anders als jetzt. Hat Emil erzählt, was er beruflich macht?»

«Ähm …», zögere ich.

Zum Glück beantwortet Juli ihre Frage selbst.

«Er ist jetzt so ein Flirtguru und bringt armen Würstchen bei, wie man mit Frauen umgeht.»

«Nein!», sage ich mit hoffentlich glaubwürdig gespielter Überraschung.

«Doch! Unfassbar, oder?»

«Ja. Unfassbar!»

«Emil leidet sehr darunter, dass er keinen Vater hat, der sich um ihn kümmert», erklärt Juli bedrückt, «und ich kann ihm den auch nicht ersetzen.»

«Kannst du wahrscheinlich nicht, nein», erwidere ich nachdenklich und nehme mir vor, dem Jungen zu helfen, sollte es eine Chance dazu geben.

«Warum fahren wir nicht einfach hin und knöpfen uns den Vater des Jungen mal vor?», fragt Hendrik träge, nachdem Juli und ich das Gespräch beendet haben.

«Äh, warum sollten wir das tun?»

«Na, weil dir der Junge offensichtlich wichtig ist und du außerdem was von seiner Mutti willst.»

«Quatsch», wehre ich ab. «Ich will nichts von seiner Mutti. Nein, das täuscht. Aber vielleicht reden wir jetzt erst mal von dir.»

«Von mir?», fragt Hendrik und beginnt plötzlich wieder,

sehr ausdauernd zu gähnen, wodurch ich mich erneut anstecken lasse. Jeder unserer folgenden Sätze ist durch lähmendes Gähnen unterbrochen, was die Unterhaltung sehr schleppend macht.

«Ich soll dir von – aaaahhhh – Doris ausrichten, dass du nach Hause kommen sollst.»

«O.k. – aaaahhhh – danke.»

«Was – aaaahhhh – danke?», frage ich.

«Danke. Dass du es mir – aaaahhhh – ausgerichtet hast.»

«Aaaahhhh – bitte.»

Hendrik schüttelt sich und ist mit einem Mal wacher und motivierter.

«Also, was ist jetzt? Fahren wir zu dem Vater des Jungen und lesen ihm die Leviten, oder nicht?»

«Was meinst du?»

«Ich meine, wir sollten das unbedingt tun.»

Wo er recht hat, hat er recht. Zu oft habe ich erlebt, wie Kinder unter der Abwesenheit eines Elternteils leiden. Falls es hilft, das zumindest einem Kind künftig zu ersparen, so ist ein nächtlicher Ausflug das mindeste, was ich tun kann.

Ich hinterlasse Emil eine Nachricht, damit er sich nicht wundert, falls er aufwachen sollte, und wenig später sitzen Hendrik und ich tatsächlich in Zwenns Mitsubishi Colt und fahren zu Tillmann Hopfenrieder.

Seine Adresse habe ich auf Emils iPad gefunden. Ich musste auch nicht lange suchen, es war einer der wenigen Kontakte in seinem Adressbuch. Sonst standen dort eigentlich nur noch seine eigene Adresse, die von Anton und Lennart und von ein paar weiteren Freunden. Und ein mysteriöser Eintrag mit einer Telefonnummer und dem Titel «Ohrenreinigung».

Ich will gar nicht so genau wissen, was das bedeuten könnte.

Kaum dass wir die Straße, in der ich wohne, verlassen haben, schläft Hendrik auf dem Beifahrersitz ein. Er wacht auch nicht auf, als wir eine halbe Stunde später an unserem Ziel ankommen.

Also steige ich alleine aus und blicke mich um. Erst denke ich, dass ich mich verfahren habe. Doch das ist nicht der Fall. Die Adresse ist korrekt. Ich stehe vor einer noblen Villa in einem ausgesprochen noblen Vorort. Kaum zu glauben, dass man mit Kursen dieser Art tatsächlich so viel Schotter machen kann.

Ich drücke auf den Klingelknopf. Nach einer Weile öffnet Till im Bademantel. Der reale Till steht in starkem Kontrast zum medialen Till. Er sieht ungewaschen aus, wirkt vernachlässigt und blickt sich zudem ständig nervös um.

«Bist du allein?»

«Äh, ja», antworte ich zögerlich.

«Du bist nicht mit einer dieser durchgeknallten Feministinnen hier?», fragt er und blickt mich dabei prüfend an.

«Nein», sage ich irritiert. «Ich bin wegen Emil hier.»

«Diese Weiber nerven. Die zeigen zwar immer ihre Titten, was ich im Prinzip ja schon mal gut finde, aber sonst nerven die. Mann, wie die nerven!»

Ich nicke verständnisvoll, bevor ich es noch mal versuche. «Ich bin wegen Emil hier.»

«Wegen welchem Emil? Kenn ich nicht.»

«Emil. Deinem Sohn Emil. Dem Emil. Klingelt's?»

«Ach so, ja, wegen dem Emil, alles klar. Braucht er Geld?»

«Nicht, dass ich wüsste.»

«Neue Hose?»

«Glaube nicht.»

«Spielsachen?»

«Nein.»

«Computer, Telefon, Urlaub … ein Auto?»

«Nichts dergleichen.»

«Na, was denn dann?», will Till ungeduldig wissen.

«Kann ich kurz reinkommen?», frage ich.

«Wenn's nicht zu lange dauert. Ich bin schwer beschäftigt.»

Das Innere der Villa ist nicht minder nobel. Wir setzen uns in eine Art Salon. Till holt zwei Becher Joghurt aus dem Kühlschrank und hält mir einen davon vor die Nase.

«Joghurt?»

«Nein danke.»

«Ist lecker.»

«Glaube ich dir. Aber dennoch danke.»

«Mit Kalzium. Ist gut für die Zähne.»

Till streckt mir den Becher immer noch entgegen. Ich schüttle den Kopf und wiederhole noch mal deutlich: «Nein danke!»

«Na, dann nicht», sagt Till etwas beleidigt und nimmt den Becher wieder an sich.

Er lümmelt sich auf den Stuhl, legt die Beine auf den Tisch und beginnt, den Joghurt genüsslich in sich hineinzulöffeln.

«Also, was gibt's?»

Ich versuche, meine Gedanken zu sortieren, um ihm mein Anliegen taktisch so klug wie möglich nahezubringen.

«Ey, wollen wir Billard spielen?», unterbricht mich Till, bevor mir überhaupt das erste Wort über die Lippen gekommen ist. «Das wäre doch jetzt geil, oder? Ich hab mir erst letzte Woche 'nen neuen Tisch gekauft!»

«Ich würde ganz gerne erst mal kurz über Emil sprechen», bremse ich ihn aus.

«Also kein Billard?»

«Nein.»

«Na, dann nicht», sagt Till, wieder mit diesem beleidigten Unterton in der Stimme.

Ich ignoriere das.

«Emil leidet darunter, dass sein Vater sich so selten bei ihm meldet und sich so gut wie gar nicht um ihn kümmert.»

Till blickt mich mit leerem Gesichtsausdruck an. «Ja, das ist schlimm», erwidert er ernst.

Ich bin etwas verwirrt.

«Emil vermisst seinen Vater», lege ich beschwörend nach, woraufhin Till verständnisvoll nickt.

Tick-tack. Die Zeit vergeht. Till blickt mich immer noch ausdruckslos an. Dann tut sich plötzlich doch noch etwas. Es ist deutlich auf seinem Gesicht abzulesen, dass sich in Tills Kopf ein Gedanke formt. Es ist eine zähe und schwierige Geburt, aber schließlich nimmt der Gedanke doch noch Form an und findet sogar den Weg nach draußen.

«Ach so! Jetzt check ich's erst. Du meinst mich!»

«Äh ja, ich meine dich», sage ich irritiert.

«Weil du immer gesagt hast ‹sein Vater›, dachte ich, du redest von jemand anderem. Aber klar, ich bin ja sein Vater.»

«Korrekt. Das Thema hatten wir bereits an der Eingangstür», erwidere ich und kann nicht fassen, mit was für einer Matschbirne ich es hier zu tun habe.

«Also, was kann ‹sein Vater› tun?», witzelt Till.

«Du könntest dich zum Beispiel öfter bei ihm melden», sage ich gefasst.

Till springt auf und holt Stift und Papier.

«Okay, warte. … Öfter melden.»

«Mit ihm reden, dich mit ihm treffen, Sachen mit ihm unternehmen», fahre ich fort, und Till schreibt mit.

«Sachen unternehmen. Klar. Kann ich machen. Sonst noch was?»

«Nein, sonst erst mal nichts … Doch! Vielleicht kannst du dich ja morgen schon melden?»

«Morgen, ja, kein Problem. Mach ich.»

«Prima.»

Das ging nach den ersten Anlaufschwierigkeiten einfacher als gedacht. Keine Ahnung, ob Till sich morgen tatsächlich melden wird, aber mehr kann ich zum jetzigen Zeitpunkt nicht tun. Nur eines will ich dann aber doch ganz gerne noch wissen.

«Gibt es eigentlich einen bestimmten Grund, warum du Emil so lange nicht mehr angerufen hast?»

«Ich hatte seine Nummer nicht mehr.»

«Du hattest seine Nummer nicht mehr?», frage ich baff.

«Ja, sagte ich doch. Die war in meinem alten Handy gespeichert, im neuen dann nicht mehr … Aber er hat sich ja auch nicht mehr gemeldet. Da dachte ich, er hat keinen Bock mehr auf mich. Was soll's.»

«Was soll's?! Emils Mutter sagt, er hat viele Male erfolglos versucht, dich anzurufen.»

«Nee, das kann nicht sein. Und wenn, dann hat er auf der alten Nummer angerufen. Die benutze ich so gut wie gar nicht mehr.»

«Hast du ihm denn die neue Nummer gegeben?»

«Nee, die hat fast niemand. Sonst rufen mich ja gleich wieder ständig diese durchgeknallten Feministinnen an …»

Auf Tills Gesichtszügen zeichnet sich eine Erkenntnis ab. «Ach, meinst du, daran hat es gelegen?»

«Ja, das liegt durchaus im Bereich des Möglichen», sage ich und fühle mich so müde und erschöpft wie schon lange nicht mehr.

Ich lasse Till Emils Nummer da und mache mich dann wieder auf den Weg nach Hause. Auf der Fahrt, die von Hendriks Schnarchgeräuschen auf dem Beifahrersitz untermalt ist, lasse ich die bizarre Begegnung mit Tillmann Hopfenrieder nochmals Revue passieren. So einen Vater hat dieser zarte und sensible Junge nun wirklich nicht verdient.

8

Nächster Morgen. 6:30 Uhr. In Worten: sechsuhrdreißig! Der zarte und sensible Emil weckt mich mit einer Trillerpfeife. Mich reißt es aus dem Schlaf.

«Aufstehen! Schieb deinen unsportlichen Arsch aus dem Bett, aber 'n bisschen zackig!»

Mein Herz rast. Ich blicke Emil mit weit aufgerissenen Augen an. Doch der grinst nur frech.

«'tschuldigung. War nur Spaß. Wollte ich immer schon mal machen.»

Neben mir schläft tief und fest Hendrik – den ich in der Nacht zuvor huckepack die Treppe hochgetragen habe – und bekommt von all dem nichts mit. Zu allem Überfluss hält er auch noch mein Bein fest umklammert. Langsam mache ich mir ernsthaft Sorgen um ihn.

«Schläft dein Kumpel immer so viel?», will Emil wissen.

«Nicht, dass ich wüsste», antworte ich und versuche, Hendrik erst sanft, dann etwas rabiater zu wecken, aber keine der beiden Methoden hat Erfolg.

Als Hendrik zwei Stunden später immer noch nicht aufgestanden ist, rufe ich einen Bereitschaftsarzt, der kurz darauf eintrifft. Er stellt sich als Dr. Romanov vor.

Emil ist derweil für eine Stunde zu seinem Kumpel Lennart gegangen, um ihm bei irgendeinem Computerproblem zu helfen. Ich schildere Dr. Romanov die Situation, während er den schlafenden Hendrik untersucht. Nachdem das abgeschlossen ist, nimmt er sein Stethoskop ab, dreht sich zu mir um und blickt mich ernst an.

«Sie müssen jetzt sehr stark sein.»

«O-kee», sage ich mit einem mulmigen Gefühl im Magen, woraufhin mir Dr. Romanov vertraulich eine Hand auf die Schulter legt.

«Es steht nicht gut um Ihren Freund.»

«Ogottogott, was hat er denn?»

«Er ist tot.»

«Was?», rufe ich entsetzt.

«Ja. Schluss. Aus. Finito», bestätigt Dr. Romanov und nickt mir einige Sekunden sehr ernst zu. Doch dann grinst er plötzlich.

«Nee, nur Spaß. Es geht ihm gut.»

Ich blicke ihn erleichtert an. «Wirklich?»

«Ja. Er liegt nur im Koma.»

«Im Koma?!»

Kurzes, ernstes Nicken des Arztes, dann grinst er wieder bis über beide Ohren.

«Nee, auch Spaß. Er schläft nur. Aber wird wahrscheinlich für immer gelähmt bleiben.»

Den ernsten Teil überspringt Dr. Romanov dieses Mal, stattdessen fängt er sofort an loszuprusten.

«Jetzt hören Sie mal auf damit!», fahre ich den Mann an. «Darüber macht man keine Witze!»

Der Bereitschaftsarzt blickt mich geknickt an. «Sie haben recht. Entschuldigung. Sie machen sich wahrscheinlich große Sorgen um Ihren Freund, und ich nehme diese Sorgen nicht ernst. Das ist nicht in Ordnung.»

«Ganz genau so ist es!»

«Es tut mir leid!»

«Ist schon vergessen», erwidere ich großzügig.

«Danke. Gut, dann sage ich Ihnen, was mit Ihrem Freund ist.»

«Ja, bitte.»

Dr. Romanov holt tief Luft.

«Er ist hirntot.»

Dann prustet er wieder los und kriegt sich gar nicht mehr ein. Das gibt's doch gar nicht.

Ich packe ihn am Kragen und schüttle ihn. Es scheint das einzige Mittel zu sein, das tatsächlich gegen diesen Witzbold hilft.

«Was hat er? Sagen Sie mir jetzt endlich, was er hat!»

«Okay, okay, ich sage es Ihnen. Hören Sie auf. Bitte. Ich bekomme keine Luft.»

Ich höre auf, lasse ihn aber nicht los. Dr. Romanov beruhigt sich, holt Luft und setzt zu seiner Diagnose an.

«Ihrem Freund geht es gut. Alle Vitalfunktionen im grünen Bereich. Er ist nur erschöpft. Lassen Sie ihn sich ausschlafen, er kommt von allein wieder auf die Beine.»

«Danke. Warum nicht gleich so?», frage ich genervt und auch nur rein rhetorisch. Ich lasse Dr. Romanov los, schiebe ihn aus der Wohnung hinaus und knalle die Tür hinter ihm zu. Es steht schlimm um das deutsche Gesundheitswesen.

Als Emil zurückkommt, geht es weiter mit dem New-Man-Bootcamp. Für den heutigen Tag haben wir uns einen neuen Ort für die praktische Übung ausgesucht, und zwar einen ganz normalen öffentlichen Platz mit Cafés, Buchläden und Boutiquen.

Ich wage nochmals einen Versuch mit meiner erlernten

Ich-bin-ein-Kind-und-habe-mich-verlaufen-Masche und siehe da: Es funktioniert, und ich bekomme meine erste Telefonnummer! Sie ist von Silvi, 25, Friseurmeisterin aus Bottrop, die mich wahnsinnig lustig findet, selbst dann, wenn ich gar nicht versuche, lustig zu sein. Eigentlich eine sympathische junge Frau, und es ist fast schon schade, dass ich nur zu Übungszwecken mit ihr spreche.

Für meine weiteren Versuche lasse ich dann den Hut und auch die Kleinkindmasche weg. Ich weiß, dass ich zur Not darauf zurückgreifen könnte, und das verleiht mir eine gewisse Sicherheit. Im Grunde ist das alles aber auch gar nicht so schwer. Man muss nur die erste Scheu überwinden und sich trauen, den ersten Schritt zu machen, alles andere geht dann mehr oder weniger von alleine.

Die Frauen, die ich anspreche, reagieren alle zurückhaltend, aber freundlich. Ich versuche, mit ihnen über ganz alltägliche Dinge zu reden, die einen Bezug zur Situation haben. Hat sie ein Buch in der Hand und ich kenne es, sage ich etwas darüber, kenne ich es nicht, frage ich, ob sie es empfehlen kann. Und so weiter. Es entwickelt sich meist ziemlich schnell ein Gespräch, in dessen Verlauf ich sie frage, ob sie mit mir mal einen Kaffee trinken gehen möchte und ob ich ihre Telefonnummer haben kann. Viele sagen «nein», aus den unterschiedlichsten Gründen, und das ist auch völlig okay. Ich glaube, das ist sowieso der Schlüssel zum Ganzen. Wie gut oder schlecht man eine Zurückweisung wegsteckt, bestimmt, ob und wie man danach weitermacht. Ich habe ja mittlerweile einen so reichhaltigen Erfahrungsschatz in Bezug auf Zurückweisungen, dass sie mir nichts mehr ausmachen. Nicht weil ich abgestumpft wäre, sondern weil ich es jetzt einfach so akzeptiere, wie es kommt. Über diejenigen, die «ja» sagen, freue ich mich dafür umso mehr. Und so habe ich in weniger als einer Stunde meine ersten drei Telefonnummern beisammen.

Emil sagt, dass er sehr stolz auf mich sei und glaube, dass wir nun zum zweiten Teil übergehen können, nämlich einen wasserfesten Plan auszuarbeiten, wie ich meine Zahnärztin für mich gewinnen kann.

Bevor wir es richtig angehen können, steht ein weiterer Besuch bei Juli an. Ihr geht es deutlich besser, sodass wir heute sogar einen Ausflug in den Krankenhausgarten unternehmen können. Vorher holt sie allerdings noch ein Geschenk aus ihrer Nachttischschublade und überreicht es mir.

«Für mich?», frage ich überrascht.

«Ja, als kleine Anerkennung.»

Ich öffne das Geschenk, und zum Vorschein kommt ein Wasserfarbenkasten.

«Wasserfarben!»

«Damit kannst du jetzt auch mal bei dir zu Hause die Wände bemalen, wenn du mal wieder einen Kreativitätsschub hast. So wie damals auf meiner Party.»

«Wo hast du den denn jetzt her?»

«Krankenhaus-Shop.»

Ich umarme sie und gebe ihr einen Kuss auf die Wange. Aus dem Augenwinkel sehe ich, dass Emil uns skeptisch beobachtet.

«Das ist wirklich sehr aufmerksam von dir. Vielen Dank. Dafür holen wir dich auch ab, wenn du entlassen wirst», verspreche ich.

«Das wäre super», freut sich Juli. «In zwei, drei Tagen dürfte es so weit sein. Spätestens.»

«So bald schon?», schaltet sich Emil ein. «Also, wenn du noch ein paar Tage länger bleiben willst, von uns aus wäre das kein Problem.»

Juli lächelt ihn gütig an. «Da vermisst einer seine Mutti aber ganz schön, hm?»

«Geht.»

Später möchte uns Juli unbedingt einen Kirschbaum zeigen, den sie entdeckt hat. Also folgen wir ihr in den Garten.

«Schaut mal, die liegen teilweise schon am Boden, so viele sind das!», ruft sie gut gelaunt.

Als sie sich nach den ersten Kirschen bückt, sehen wir – und mit uns alle anderen Gartenbesucher –, dass sie trotz Emils Aufforderung wenige Tage zuvor keine Unterwäsche trägt.

«Mama!», ruft Emil entsetzt.

«Was denn?»

«Du hast nichts drunter!»

«Ach stimmt ja, hihi. Hab ich vergessen, sorry.»

Aber anstatt aufrecht und gerade weiterzugehen, bückt sie sich abermals und sammelt einfach weiter Kirschen ein.

«Mama!», ruft Emil schon leicht hysterisch.

«Ja, was denn? Ihr wollt doch auch Kirschen, oder nicht?»

«Aber nicht so!», sagt Emil, und sein Ton lässt erahnen, dass er nun völlig außer sich ist.

«Nicht so schlimm. Ich esse sie auch alleine», sagt Juli, kichert und bückt sich gleich wieder.

Emil zieht schnell seine Jacke aus, und mit meiner Hilfe wird daraus ein Sichtschutz, mit dem wir Juli hinterherlaufen, um ihr blankes Hinterteil vor den neugierigen Blicken der anderen Anwesenden zu schützen. Emil ist mit den Nerven bald völlig am Ende, ich hingegen finde Julis Freizügigkeit nicht ganz so schlimm, sondern bin eher amüsiert von ihrem chaotischen Verhalten.

Als Emil und ich wenig später wieder meine Wohnung betreten, hören wir Schreie, die aus meinem Schlafzimmer dringen. Wir blicken uns entsetzt an, dann beeile ich mich, öffne vorsichtig die Schlafzimmertür und werfe einen Blick in den Raum.

Hendrik liegt immer noch in meinem Bett und wälzt sich, offenbar von einem Albtraum geplagt, schweißgebadet hin und her. Dabei ruft er immer wieder «Nein! Nein!», so als würde er sich mit Händen und Füßen gegen etwas wehren. Hoffentlich verfolgt ihn nicht auch die Vagina dentata. Das wünscht man nicht mal seinem ärgsten Feind, und seinem Freund schon gar nicht.

Ich lege Hendrik eine Hand auf die Schulter und versuche, ihn vorsichtig zu wecken, was nach einiger Zeit schließlich auch gelingt.

«Waswaswobinich?»

«Ganz ruhig, schschsch», beruhige ich ihn. «Alles ist gut.»

«Ist wirklich alles gut?», fragt Hendrik unsicher nach.

«Ja.»

«Mann, Mann, Mann! Ich habe doch allen Ernstes geträumt, dass ich mich von meiner geliebten Doris getrennt habe und von zu Hause ausgezogen bin. Was für ein Irrsinn», sagt er kopfschüttelnd und lacht dann das Lachen des Erleichterten.

Ich blicke Emil an, er blickt mich an, wir blicken Hendrik an. Der ist irritiert über unseren Blickwechsel und wirkt plötzlich ganz ratlos.

«Was mache ich eigentlich in deinem Bett?»

«Oh, das ist eine lange Geschichte», versuche ich, mich behutsam der Wahrheit anzunähern. «Was ist denn das Letzte, woran du dich erinnern kannst?»

Hendrik denkt nach.

«Na ja, meine Hochzeit mit Do...»

Plötzlich stockt er und wird bleich. Ihm scheint etwas Entsetzliches einzufallen.

«Ich glaube, jetzt erinnere ich mich an alles ... Nee, oder? Das kann doch aber nicht sein!»

Ich nicke mitfühlend. «Doch, leider.»

«Das habe ich nicht gemacht, oder? Sag, dass ich das nicht gemacht habe!»

«Doch, hast du.»

«Neinohnein! Und jetzt? Was ist jetzt?!», fragt er mich verzweifelt.

Bevor ich antworten kann, schaltet sich Emil ein. «Du könntest bei mir das Modul ‹Exfreundinnen zurückgewinnen› buchen.»

Hendrik geht auf diesen Vorschlag gar nicht erst ein, sondern springt aus dem Bett und zieht sich hektisch seine Schuhe an.

«Was soll ich denn jetzt nur machen?»

«Zum Beispiel sofort nach Hause fahren und retten, was noch zu retten ist?», schlage ich vor.

«Eine sehr gute Idee», pflichtet er mir bei. «Eine sehr, sehr gute Idee.»

Und dann ist er auch schon zur Wohnungstür hinaus. Emil schüttelt den Kopf.

«Leute kennst du.»

Doch kurz darauf kommt Hendrik zurück.

«Äh, kannst du mich fahren? Würde schneller gehen. Ich hab Doris das Auto dagelassen.»

«Ja, klar. Los, Emil, mach dich fertig.»

«Ich bin fertig.»

Wenig später sitzen wir wieder im Mitsubishi Colt – Hendrik neben mir auf dem Beifahrersitz, Emil eingeklemmt auf der Rückbank – und fahren zu Hendriks Eigenheim, einem Reihenhaus in einer Stadtrandsiedlung. Wo man eben hinzieht, wenn man «im Grünen, aber auch in zwanzig Minuten in der Stadt» sein möchte.

Während der ganzen Fahrt ist Hendrik unglaublich nervös und kann weder Beine noch Oberkörper noch Augen stillhalten. Jede seiner Bewegungen hat direkten Einfluss auf das Wohlbefinden des auf der Rückbank eingeklemmten Passagiers. Die erste Zeit über beschwert sich Emil noch lautstark, merkt aber bald, dass er keinen Erfolg hat, und fügt sich schließlich schlechtgelaunt in sein Schicksal.

«Mann!»

Als wir endlich vor Hendriks Wohnhaus ankommen, macht dieser ein bedrücktes Gesicht.

«Das Auto ist nicht da. Doris ist weg. Scheiße.»

Wir halten. Hendrik steigt aus und geht ins Haus. Emil und ich warten. Und warten. Und warten.

«Hoffentlich ist er nicht wieder eingeschlafen», sage ich nach einiger Zeit.

«Du, Christoph?», fragt Emil schließlich. «Kannst du dir vorstellen, in einem solchen Haus zu leben?»

«Nein, keinesfalls», antworte ich wahrheitsgemäß.

«Ich auch nicht. Die sehen ja alle gleich aus. Da gibt es gar keine Abwechslung. Wahrscheinlich sehen die Leute, die darin wohnen, auch alle so aus wie dein Freund. Und alle haben diese spießigen rechteckigen Brillen auf.»

«Und alle verlassen morgens gleichzeitig das Haus, um in einer Fabrik zu arbeiten, in der genau diese Brillen hergestellt werden.»

«Und abends kommen sie alle gleichzeitig nach Hause. Zu ihren Frauen, die auch alle gleich aussehen, und dann gibt's Abendessen. Wurstbrot! Mit Hagebuttentee!», fährt Emil mit sichtlichem Spaß an der Sache fort.

«Eine gruselige Vorstellung. Fast schlimmer als deine Zombie-Serie.»

«Ja, darüber könnte man auch eine Serie drehen. The Walking Hendrik.»

«Zum Beispiel. Oder: Das gleichgeschaltete Leben des Hendrik H.»

«Auch nicht schlecht. Und dann laufen sie alle gleichzeitig ihren Frauen weg. Meine Güte, da ist dann was los.»

Bis jetzt habe ich mich vornehm zurückgehalten, doch jetzt muss ich laut loslachen, und Emil lässt sich davon anstecken.

Ausgerechnet in diesem Moment tritt Hendrik aus dem Haus und kommt mit enttäuschter Miene und einem Zettel in der Hand zurück zum Auto.

«Na, wenigstens ihr habt Spaß.»

«'tschuldigung», sage ich, während ich mir die Lachtränen aus den Augen wische.

«Sie ist bei ihren Eltern», berichtet Hendrik und überreicht mir die Notiz.

Ich lese: *Bin bei meinen Eltern. Muss nachdenken. Komm nicht vorbei. (Falls du diese Nachricht überhaupt jemals liest.) Hab nun wirklich lange genug auf dich gewartet. Wer uns nicht will, der hat uns auch nicht verdient. Mach's gut. Gruß D. mit M.*

«Hm. Und nun?», frage ich, doch bevor Hendrik antworten kann, schaltet sich Emil ein.

«Ich kann mein Angebot von vorhin nur wiederholen: Mein Modul ‹Exfreundinnen zurückgewinnen› funktioniert auch bei Ex-Frauen beziehungsweise Noch-Frauen. Da bin ich mir sicher.»

Wieder ignoriert Hendrik ihn und fixiert mich stattdessen weiter mit nachdenklicher Miene. «Keine Ahnung. Ich habe keine Ahnung, was ich jetzt tun soll.»

«Hallo?», sagt Emil. «Ich bin zwar erst elfeinhalb, aber auch ich habe Gefühle. Und wenn man mich ignoriert, verletzt das meine Gefühle. Ja!»

Hendrik scheint die Frequenzlage von Emils Stimme nicht empfangen zu können, denn er reagiert wieder nicht. Emil setzt an, einen weiteren Versuch zu unternehmen, bricht dann aber ab und lehnt sich resigniert zurück.

«Mann!»

Zeitgleich scheint Hendrik eine Idee zu kommen.

«Doch, ich weiß, was zu tun ist. Logisch! Bin sofort wieder da.»

Spricht's und verschwindet im Haus, nur um wenige Sekunden später wieder zurückzukommen. Vollgepackt mit allerlei elektronischem Equipment: CD-Player, Boxen, Verstärker, Mikro.

«Mach mal den Kofferraum auf», ruft er mir zu, und dieser Bitte komme ich nach. Er verstaut alles und bemerkt dann schließlich meinen ratlosen Blick.

«Das wird sie überzeugen. Wirst schon sehen.»

«Was wird sie überzeugen?»

«Wirst schon sehen. Jetzt fahren wir erst mal zu ihren Eltern, und dann wirst du schon sehen», sagt er, nun wieder wesentlich selbstsicherer als vor wenigen Minuten.

Also tun wir genau das und fahren zum Haus von Doris' Eltern.

Was dann geschieht, hätte ich niemals für möglich gehalten. Und das muss etwas heißen, denn eigentlich nehme ich für mich in Anspruch, eine gute Menschenkenntnis zu besitzen, besonders dann, wenn es sich bei den besagten Menschen um meine Freunde und deren Lebensgefährtinnen handelt. Doch dieses Selbstverständnis wird mit einem Mal heftig erschüttert.

Kaum sind wir an Doris' Elternhaus angekommen, springt Hendrik aus dem Wagen, öffnet den Kofferraum und beginnt, seine – wie ich kurz darauf erkenne – Karaoke-Anlage inklusive Lichtorgel im schwiegerelterlichen Garten aufzubauen. Strom holt er sich aus der Garage, und dann geht's los.

Hendrik stellt sich mitten auf den Rasen und hält sich das Mikro unter die Nase.

«Das ist für dich, mein Schatz, ich hoffe, du kannst mir verzeihen. Playback ab! Zwei, drei!», ruft er und drückt auf «Play».

Sofort erklingen die ersten Takte einer eingängigen, volkstümlichen Melodie, und ich erkenne sofort, um welches Lied es sich handelt: «Liebesbeweis» von den Herzbirnbaumbandlbauerbuam. Doris' Lieblingslied, wie er mir einmal verraten hat, woraufhin ich mich angewidert abgewendet habe, denn es ist eine der grauenhaftesten Schnulzen, die die Menschheit jemals hervorgebracht hat. Und damals habe ich nur daran gedacht, jetzt wird sie live und in maximaler Lautstärke von einem meiner besten Freunde intoniert. Das ist zu viel für mein empfindliches Nervenkostüm. Ich spüre, wie mir schwindelig wird. Auch Emil bleibt der Mund offen stehen, und seine Ohren beginnen buchstäblich zu schlackern.

«Du hast mein Leben fest im Griff», beginnt Hendrik schwungvoll die erste Strophe, «gibst mir mehr Sicherheit als der TÜV …»

So, und ab da bekomme ich vor lauter Stress einen Hörsturz. Vielen Dank auch, Hendrik. Das hätte es nun wirklich nicht gebraucht.

Das Gute an der Sache: Das Pfeifen in meinem Ohr ist so laut, dass ich die Gesangseinlage nur noch sehr gedämpft höre. Dafür sehe ich, wie Hendrik alles, aber auch wirklich alles gibt. Seine Augen sind geschlossen, und er singt voller Inbrunst und mit bebender Kehle. Und offenbar mit Erfolg, denn ungefähr in der Mitte des Gassenhauers tritt Doris tatsächlich aus dem Haus. Allerdings kann ich ihren Gesichtsausdruck nicht so recht deuten. Es könnte Rührung sein, aber genauso gut Abscheu.

Den Gesichtsausdruck von Doris' Eltern hingegen, die mittlerweile auf dem Balkon erschienen sind, kann ich aber sehr wohl deuten: Es ist die pure Be-geis-te-rung! Die beiden rüstigen Rentner geraten regelrecht in Feierlaune, schunkeln, klatschen im Takt und haben ganz offensichtlich *the time of their lives*.

Angestachelt durch so viel Zuspruch, gibt Hendrik auf den letzten Metern noch mal alles: «Weil i di so liab hob, weil i di so liab hob.»

Und dann ist aus.

Doch was wird nun passieren? Bis jetzt warten alle Beteiligten ab. Keiner will den ersten Schritt machen. Die Sekunden dehnen sich, und langsam, aber sicher schwant mir, dass diese Sache böse enden wird. Ich mache mir schwere Vorwürfe. Warum habe ich ihn nur nicht zurückgehalten? Er ist doch mein Freund! Warum habe ich ihn so ins offene Messer rennen lassen? Ich hätte das Desaster doch vorhersehen müssen! Ogottogottogott!

Aber dann löst sich Doris schließlich doch noch aus ihrer Starre und sagt mit tränenerstickter Stimme: «Das ist das Schönste, was jemals jemand für mich gemacht hat.»

Und dann fällt sie Hendrik um den Hals.

Und dann sie küssen sich.

Und beide scheinen so erleichtert zu sein und sehen sich so gerührt und verliebt an, dass sie alles um sich herum zu vergessen scheinen.

Und Doris' Eltern klatschen vor Begeisterung.

Und Emil und ich blicken uns fassungslos an. Wir brauchen keine Worte, um uns darüber zu verständigen, dass es für uns nun langsam Zeit wird, so schnell wie möglich von hier zu verschwinden.

Als wir im Auto sitzen und der untergehenden Sonne entgegenfahren, ebbt zum Glück das Pfeifen in meinem Ohr etwas ab, und ich kann Emil wieder verstehen.

«Leute kennst du», sagt er und schüttelt den Kopf.

Ich zucke mit den Schultern und blicke ihn entschuldigend an.

«Ich könnte Pandora ja auch ein Ständchen singen», sage ich dann, ohne es wirklich ernst zu meinen.

«Das funktioniert nicht.»

«Du hast doch gesehen, dass es funktioniert.»

«Ich kann mich an nichts mehr erinnern, was heute passiert ist.»

«Ich auch nicht.»

Wenigstens in diesem Punkt sind wir uns einig.

9

Am nächsten Morgen ist endlich wieder Zeit, uns unserer eigentlichen Mission zu widmen. Emil und ich arbeiten einen Plan aus, wie es mir gelingen soll, an mein Zielobjekt Pandora heranzukommen.

Die Grundbausteine sind folgende: Ich fange sie in der Mittagspause ab und frage sie ganz einfach, ob sie mit mir abends etwas trinken gehen möchte. Sollte sie zögern oder gar nein sagen, werde ich alle meine neu erlernten Tricks anwenden und ihren Widerstand aushebeln.

Und genau so mache ich es auch. Ich warte, bis Pandora mittags ihre Praxis verlässt, und folge ihr. Für gewöhnlich geht sie zu dem Asiaten am Ende der Straße und isst dort eine Suppe. Das hat Emil jedenfalls durch seine Facebook-Recherche herausgefunden.

So ist es auch heute. Als Pandora ihre Bestellung erhalten hat, stelle ich mich vor ihren Tisch.

«Hi.»

«Herr Herrlich!», sagt sie mit professioneller Freundlichkeit.

«Ich hoffe, es stört Sie nicht, wenn ich mich dazusetze.»

«Nun ja …», beginnt sie zögerlich, aber ich warte die Antwort erst gar nicht ab, sondern nehme ihr gegenüber Platz.

«Nur ganz kurz, ich muss eigentlich sofort weiter.»

Das ist ein *false time constraint,* übersetzt also in etwa «eine falsche Zeitbeschränkung». Sie bewirkt, dass Pandora ihren Widerstand aufgibt und es zumindest toleriert, dass ich mich für einige wenige Minuten zu ihr setze, denn sie geht nun davon aus, dass ich in Kürze von allein wieder verschwinde.

«Wollen wir uns nicht einfach duzen?», schlage ich so unverbindlich und lässig wie möglich vor, um zu erreichen, dass wir schnell auf eine etwas privatere Ebene wechseln, denn ich will mich ja nicht mit meiner Zahnärztin verabreden, sondern mit einer Frau, die zufällig auch meine Zahnärztin ist.

«Äh, um ehrlich zu sein, lieber nicht. Ich möchte zu meinen Patienten gerne eine professionelle Distanz bewahren.»

Okay, das hat schon mal nicht geklappt. Also Planänderung: Ich rede sie wie gewünscht förmlich an, betone dabei aber die formale Anrede immer ironisch.

«Kein Problem, Frau Dr. Buntschuh», sage ich und zwinkere ihr zu.

So, und nun gehen mir ein wenig die Ideen aus. Ich hatte mir überlegt, wie ich vom Du zur Frage nach einer gemeinsamen Verabredung komme, doch das hat sie mir verbaut. Nun muss ich kreativ werden.

«Schmeckt die Suppe?»

Bäm! Das war vermutlich die lahmste Frage, die man in einer solchen Situation stellen kann. Aber sie führt immerhin dazu, dass das Gespräch weiterläuft.

«Ja, die ist lecker. Sehr zu empfehlen. Wie eigentlich alles, was auf der Karte steht.»

Gut, gut. Jetzt bräuchte ich eine Hammerüberleitung von der Suppe zu einem eventuellen Date heute Abend.

«Apropos Suppe, hätten Sie Lust, mit mir heute Abend etwas trinken zu gehen?»

Wow, was für ein eleganter Themenwechsel. Bravo!

Sie wirkt unentschlossen und löffelt mit nachdenklicher Miene ihre Suppe, statt begeistert einzuwilligen.

«Vielleicht in der kleinen Bar da hinten am Park?», bleibe ich hartnäckig.

«Ich weiß nicht so recht …»

«Ich hole Sie ab, Frau Dr. Buntschuh, und bringe Sie auch wieder sicher nach Hause.»

Sie blickt mich an, zögert, zögert noch länger. Stille.

«Dann heute um sieben?»

Sie blickt mich weiter an, zögert, zögert, zögert, zögert, rührt in ihrer Suppe, zögert. Meine Nerven sind wie Drahtseile gespannt. Dann die Erlösung:

«Gut, überredet. Holen Sie mich heute um sieben an der Praxis ab. Aber nur ein Getränk.»

«Natürlich nur ein Getränk. Dann bis heute Abend. Ich freue mich.»

Geschafft! Ich habe ein Date mit Dr. Pandora Buntschuh! Mein Herz rast. Ich stehe auf und will gehen, renne aber gegen den Nachbartisch und räume versehentlich alle Teller ab. Im Flug, und kurz bevor sie am Boden zerschellen, erkenne ich noch, dass sie eben erst gebracht worden sein müssen, denn es fehlt nicht ein Bissen. Dann verteilt sich das Essen (Ente kross mit Reis, Gemüse und Kokos-Erdnusssoße) in einem erstaunlich großen Radius.

Pandora blickt mich belustigt an.

«'tschuldigung», rufe ich den beiden älteren Frauen zu, die nun ohne ihr Mittagessen weiterexistieren müssen, und verdünnisiere mich.

Den restlichen Tag über bin ich ein nervliches Wrack und mache mir ausgiebig Gedanken über den Verlauf des Abends. Was anziehen, was trinken, was essen, was sagen?

Ogottogottogottogott.

Emil ist mir auch keine große Hilfe, denn er ist fast genauso aufgeregt wie ich, aber nicht wegen meines Dates, sondern weil Till per SMS Kontakt zu ihm aufgenommen hat.

«Papa hat sich gemeldet», teilt er mir freudestrahlend mit und blickt dann wieder auf das Display seines Handys. «Er schreibt, dass so ein Typ bei ihm war und ihm meine Nummer gegeben hat. Aber er hat doch meine Nummer. Weißt du was darüber?»

«Er hat sie wohl verlegt, und ja, ich gebe zu, dass ich deinem Vater ein wenig auf die Sprünge geholfen habe.»

Emil blickt mich erstaunt an und schenkt mir ein dankbares Lächeln, was sehr guttut.

«Papa will mich heute abholen, damit ich bei ihm übernachte. Er hat einen neuen Billardtisch! Und genügend Joghurt für zwei ist auch im Haus. Kalzium ist gut für die Zähne.»

Ich verdrehe die Augen, freue mich aber dennoch für Emil. Wie es aussieht, habe ich mich in Till getäuscht. Er scheint doch bereit zu sein, das Ruder noch einmal herumzureißen. Lange kann ich mich mit solchen Überlegungen heute allerdings nicht aufhalten, denn die Abendvorbereitungen bedürfen meiner uneingeschränkten Aufmerksamkeit.

In meinem Kleiderschrank befinden sich T-Shirts in den Farben grau und blau sowie Hosen in den gleichen Farben. Vier Auswahlmöglichkeiten also. Da ich aber nie komplett in einer Farbe gekleidet sein möchte – ein bisschen Kontrast muss schon sein –, bleiben eigentlich nur zwei Kombinationen: graues T-Shirt, blaue Hose oder blaues T-Shirt, graue Hose. Doch auch diese begrenzte Anzahl an Möglichkeiten bewahrt mich nicht davor, stundenlang über das beste Outfit nachzugrübeln.

Ähnlich geht es mir bei der Ausarbeitung einer Gesprächsstrategie. Man könnte ja über jedes Thema sprechen – doch welches ist am besten geeignet, meine schillernde Persönlichkeit zur Geltung zu bringen?

Um mich der Beantwortung dieser Frage anzunähern, lege ich einen Karteikasten mit Gesprächskarten an, auf denen einige Zeit später folgende Themen stehen:

- Nuklearmedizin
- bedingungsloses Grundeinkommen
- *Star Wars*
- *How I Met Your Mother*
- Gärtnern / Schrebergärten / Urban Gardening
- Wo man billige Druckerpatronen kaufen kann
- Wetter
- Molekularküche
- Verwandtschaft / Familie / Kinderwunsch
- laktosefreie Milch / Dinkelbrötchen / Veganismus
- neuste Entwicklungen in der Zahnmedizin
- Yoga
- Marmeladenherstellung
- Darmspiegelung

Hallo?! Das sind die Dinge, die mich derzeit umtreiben? Aus Mangel an besseren Ideen muss ich mich aber schließlich doch aus diesem Pool bedienen. Ich entscheide mich für die beiden Hauptthemen: Verwandtschaft / Familie – aber ohne

Kinderwunsch, dafür ist es definitiv zu früh – und Wetter. Schon alleine deswegen, weil ich vom Rest eigentlich so gut wie keine Ahnung habe. Zur Sicherheit stecke ich aber alle Karten ein.

Kleidungsmäßig habe ich mich für die blau-graue T-Shirt-Hosen-Kombination entschieden, ich bin mir nur nicht ganz sicher, ob es auch wirklich die richtige Wahl ist. Und Emil schürt diesen Zweifel auch noch, als ich mich abends von ihm verabschiede.

«Das willst du anziehen?»

«Ja. Oder doch lieber was anderes?»

«Nee, ist gut.»

«Wirklich?»

«Ja, passt schon.»

«Sicher?»

Emil überlegt.

«Na ja, wenn du mich so fragst …» Er macht eine lange dramatische Pause. «… ja! Sicher! Es ist super! Und jetzt geh. Viel Spaß, und enttäusche mich nicht.»

«Ich werde mich bemühen. Und dir wünsche ich einen tollen Abend mit deinem Vater. Wann kommt er dich abholen?»

«In einer Stunde ungefähr.»

«Bringt er dich auch wieder her?»

«Hat er geschrieben, ja», antwortet Emil, nachdem er noch mal einen prüfenden Blick auf das Display seines Handys geworfen hat.

«Wann?»

«Zwanzig Uhr.»

«Gut. Ich muss morgen wieder arbeiten, aber um zwanzig Uhr bin ich auf jeden Fall wieder hier», versichere ich ihm.

Zum Abschied umarmt Emil mich sogar.

«Umarmen, auweia. Was ist denn jetzt los?», ziehe ich ihn ein wenig auf. «Aber nicht, dass das zur Gewohnheit wird. Ich bin nicht so der Körperkontakt-Typ.»

«Alles klar. Kommt nicht wieder vor.»

Als ich Pandora von ihrer Praxis abhole und wir die wenigen hundert Meter zu unserem Ziel gehen, bin ich so aufgeregt, dass ich bereits jetzt mit meinen Hauptgesprächsthemen anfange.

«Wetter ist angenehm, oder? Zum Glück nicht mehr so heiß wie letzte Woche, ne?»

«Sorry, aber ich interessiere mich absolut nicht fürs Wetter», bügelt sie mich ab. «Können wir bitte über etwas anderes sprechen?»

«Oh, klar, natürlich.»

Nummer eins ist schon verbrannt. Großartig! Schnell zum nächsten Themenkomplex übergehen und retten, was zu retten ist.

«Wohnen Ihre Eltern auch in der Stadt, Frau Dr. Buntschuh?», frage ich so lässig und ironisch wie nur möglich, doch ich merke schon nach dem zweiten Wort, wie meine Stimme zu zittern beginnt. Hoffentlich fällt das nur mir auf.

Ich blicke zu Pandora. Sie geht stumm neben mir her und macht keine Anstalten zu antworten.

«Haben Sie noch Geschwister?», frage ich fast schon verzweifelt.

Sie seufzt und blickt mich zögernd an.

«Gut, ich sage es Ihnen: Ich habe den Kontakt zu meiner Familie abgebrochen. Warum, möchte ich aber für mich behalten.»

Okay!

Wow!

Innerhalb kürzester Zeit ein so mühsam eingefädeltes Treffen so gut wie zu versemmeln, das muss mir erst mal einer nachmachen.

Zum Glück sind wir mittlerweile an der Bar angekommen, und ich suche uns einen Platz. Doch ohne es zu wollen, platzt die nächste Frage aus mir heraus.

«Hatten Sie schon mal eine Darmspiegelung?»

Pandora blickt mich ernst an. Mir bricht der Schweiß aus, und ich bereue zutiefst, dass ich mich nicht im Zaum halten konnte.

«Kann ich die Frage zurückziehen … bitte?», flehe ich kleinlaut.

Pandora blickt mich weiterhin ernst an, doch plötzlich huscht ein leichtes Lächeln über ihr Gesicht.

«Herr Herrlich, Herr Herrlich. Sie sind mir ja einer.»

Ich bin mir nicht ganz sicher, was das zu bedeuten hat, doch ab diesem Zeitpunkt nimmt der Abend einen durchweg positiven Verlauf. Nach ein paar Gläsern Wein bricht das Eis zwischen Frau Dr. Buntschuh und mir dann endgültig, und zum Beweis bietet sie mir sogar das Du an.

Ich lehne ab.

«Ich möchte eine professionelle Distanz bewahren», sage ich lässig, woraufhin sie lacht und mir leicht gegen den Oberarm boxt.

«Herr Herrlich! Sie sind mir schon so einer.»

Läuft, würde ich mal sagen. Und da ich fühle, wie ich immer mehr Oberwasser gewinne, werde ich auch mit jedem Satz mutiger und mutiger. So mutig, dass ich mich sogar traue, einen einstudierten Move auszuprobieren: den tic-tac-Trick!

Ich hole eine Packung tic tac aus der Tasche, schütte mir zwei davon auf die Handfläche, stecke dann eines in meinen Mund und das andere biete ich Pandora an. Die nimmt es und steckt es sich ebenfalls in den Mund. Wir lutschen zwei, drei Sekunden, dann blicke ich sie kritisch an.

«Ich hab's mir anders überlegt.»

«Was?»

«Ich will es zurück.»

«Was?»

«Na, das tic tac.»

Ich blicke auf ihre Lippen. Sie lächelt. Ich lehne mich ein wenig weiter in ihre Richtung. Sie lächelt nach wie vor. Ich küsse sie.

Bäng! *Kiss Close!*

Daraufhin gibt es kein Halten mehr. Eigentlich wollte ich es bei einem kurzen Kuss belassen und bei einem weiteren Treffen in den nächsten Tagen sehen, wie gut wir uns verstehen, doch es kommt anders als geplant. Pandoras wilde Begierde, die sich nun plötzlich Bahn bricht, ist eine Urgewalt, der ich mich nicht widersetzen kann. Und es auch gar nicht will.

Ohne voneinander abzulassen, knutschen wir uns aus der Bar, die Straße entlang, zu Pandoras Wohnung, entledigen uns dort hastig unserer Kleider, und dann folgt Sex! Wilder, archaischer, animalischer Sex! Die Büchse der Pandora ist geöffnet.

Am nächsten Morgen erwache ich als Erster. Pandora schläft noch tief und fest, und ich habe Gelegenheit, meinen Erfolg in seiner ganzen Tragweite zu erfassen. Wahnsinn! Ich! Hatte! Sex! Mit! Meiner! Zahnärztin! Doktor! Pandora! Buntschuh! Wie geil ist das denn bitte?!

Ja, gut, die letzte Nacht war jetzt nicht unbedingt romantisch, aber man kann beim ersten Treffen nicht gleich alles erwarten. Das wird bestimmt noch. Ich bin mir sicher, dass vor uns eine lange, glückliche, kinderreiche Beziehung liegt. Mit Sonnenuntergängen, Sonnenaufgängen, Kindergeburtstagen und ausgedehnten romantischen Strandspaziergängen.

Aber wer ist die Frau neben mir eigentlich? Ich kenne sie ja im Grunde noch gar nicht. Deshalb nutze ich die Chance, mich ein wenig umzusehen, während sie noch schläft. Anhand der Schafzimmerausstattung kann man so viele Rückschlüsse auf die Persönlichkeit der Besitzerin ziehen.

Der Raum ist mittelalterlich eingerichtet. Die Wände sind unverputzt und mit Kuhschädeln und Schwertern geschmückt. An der Decke hängt ein gusseiserner Kerzenhalter. Das Bett hat Vorhänge aus rotem Samt. In einer Ecke steht außerdem eine auffällige, mittelalterliche Holztruhe mit Eisenbeschlägen.

Ich kann der Versuchung nicht widerstehen, da mal einen Blick hineinzuwerfen. Also verlasse ich das Bett so vorsichtig wie möglich, schleiche auf Zehenspitzen langsam zu der Truhe und öffne sie zaghaft. Die Scharniere geben ein lautes Quietschen von sich, weshalb ich die Truhe nur einen Spalt weit öffne und hineinblicke. Das, was ich sehe, stimmt mich nachdenklich, denn die Truhe ist randvoll mit allerlei mittelalterlichem, sprich gusseisernem Sexspielzeug. Oder ist es Folterwerkzeug?

Ich höre, wie Pandora sich hinter mir zu rekeln beginnt und langsam aufwacht. Schnell husche ich zurück ins Bett und tue so, als würde ich ebenfalls gerade aufwachen.

«Morgen», sagt sie genüsslich-verträumt.

«Morgen», erwidere ich ebenso genüsslich-verträumt und gebe ihr einen Kuss. «Es war sehr schön heute Nacht.»

«Ja», haucht sie zurück. «Und es wird noch viel schöner.»

Dann zieht sie mich näher an sich heran, küsst mich leidenschaftlich, und ehe wir es uns versehen, sind wir schon wieder in voller Aktion.

Danach ziehen wir uns eilig an, denn wir müssen beide zur Arbeit. Während ich meine Socken überstreife, fällt mein Blick wieder auf die ominöse Truhe in der Ecke, und ich unternehme einen geschickten Versuch, dem Geheimnis auf die Spur zu kommen.

«Schöne Truhe, was ist denn da drin?»

Pandora blickt mich lächelnd an und zwinkert mir dann vielsagend zu.

«Das wirst du noch früh genug erfahren, mein kleiner Darmspiegler.»

10

In der Kita Kunterbunt erwartet mich die übliche Geruchsmixtur aus alten Windeln und Desinfektionsmittel. Ich atme tief ein. Hach, wie ich diesen Duft vermisst habe. Was so ein bisschen Urlaub doch ausmachen kann.

«Frau Hollweg, ich grüße Sie. Guten Morgen», trällere ich gut gelaunt, als mir meine Chefin entgegenkommt, in der Hand wie üblich ihre «I ♥ my vulva»-Kaffeetasse und eine frische Schachtel Kippen.

«Herr Herrlich, die freien Tage scheinen Ihnen nicht bekommen zu sein. Was soll die penetrant gute Laune?», fragt sie mürrisch, drückt mir eine Liste mit Aufgaben in die Hand, die ich noch heute zu erledigen habe, und zieht sich dann in ihr Büro zurück.

Ich werfe einen Blick auf die Liste. Darauf stehen folgende Punkte:

1) Mitarbeiterklo reinigen. Mir ist vorhin ein kleines Malheur passiert. Vorsicht, Rutschgefahr!
2) Bei der Gelegenheit alle Abflüsse von Haaren befreien.
3) Jan-Frederick hat die Hausschlüssel seiner Eltern in unseren Biomüll-Container geworfen. Schlüssel bergen.
4) Container anschließend leeren und reinigen. Auch ganz hinten unten.

Ich betrachte die Liste nachdenklich. Es sind die üblichen Zusatzaufgaben, die üblichen Schikanen. Normalerweise würde ich jetzt innerlich fluchen, die Punkte aber dennoch stoisch abarbeiten, doch heute merke ich, wie Zorn in mir aufsteigt, und ich verspüre ein großes Bedürfnis nach Rebellion. Der Erfolg, den ich so überraschend in meinem Privatleben verbuchen konnte, gibt mir das Selbstbewusstsein und die Entschlossenheit, nun auch im Job einige Dinge geradezurücken. Ich bin nicht mehr der Christoph, der sich herumschubsen und alles mit sich machen lässt, nein, ich bin nun ein ganz anderer Christoph. Einer, der für sich, seine Gefühle und seine Rechte einsteht. Jawohl, so ist es. So einer bin ich jetzt!

Entschlossen klopfe ich an Frau Hollwegs Bürotür, warte eine Antwort aber erst gar nicht ab, sondern trete sofort ein.

«Frau Hollweg, ich …», sage ich, doch dann halte ich inne, denn ich stehe vor einer weißen Wand.

Der Raum ist komplett mit Rauch gefüllt, und man sieht seine eigene Hand vor Augen nicht. Ich bekomme Atemnot. Im gleichen Moment mache ich mir fast ein bisschen Sorgen um meine Chefin.

«Frau Hollweg, sind Sie da? Geht's Ihnen gut?», keuche ich.

«Warum soll es mir denn nicht gut gehen?», raunzt sie mich aus der Tiefe der weißen Unendlichkeit an. «Wir haben uns doch gerade gesehen! Dämliche Fragen stellen Sie manchmal.»

Bevor ich den Erstickungstod erleide, schließe ich die Tür lieber schnell wieder.

«Was gab's denn so Wichtiges?», schreit Frau Hollweg.

«Nichts, alles gut», sage ich, von der Überdosis Nikotin nunmehr völlig benommen.

Ich taumele zu meinen Schützlingen, die im Verkleidungsraum bereits hustend auf mich warten, da die Rauchschwaden, die aus Frau Hollwegs Büro geweht sind, sich zügig auf die anderen Räume verteilt haben. Ich öffne schnell alle Fenster, und wir saugen die frische Luft tief in unsere Lungen.

«Aaaaahhh!»

Auch wenn mein erster Versuch, gegen Frau Hollweg zu rebellieren, nicht ganz so erfolgreich war wie erhofft, lasse ich mich von meinem Vorhaben nicht abbringen, sondern suche mir Verbündete und forme eine Allianz. So wie man es macht, als echter Machiavellist.

«Kinder, ich habe mal eine Frage an euch: Wer von euch findet es auch ganz ekelig, dass Frau Hollweg hier in der Kita immer raucht.»

«Ich!», «Ich!», «Ich!», «Ich!».

Alle melden sich. Außer Jan-Frederick. Natürlich.

«Ich nicht. Zum Kaffee gehören einfach Kippen. Was will man uns denn noch alles verbieten?!», mosert Jan-Frederick. Er ist wieder ganz der Alte, nachdem ihm der Gips abgenommen wurde, und lehnt lässig mit einem Becher Kaffee in der Hand am Fenstersims.

«Gut, Jan-Frederick, du bist da vielleicht ein Einzelfall. Aber alle anderen sind dagegen, und in einer Demokratie entscheidet nun mal die Mehrheit.»

«Manno!»

«Und nun Frage an alle: Wollt ihr mir dabei helfen, Frau Hollweg dazu zu bringen, hier in der Kita mit der Raucherei aufzuhören, damit wir alle wieder frei durchatmen können?»

«Ja!», «Ja!», «Ja!», «Ja!».

Alle sind dafür. Außer Jan-Frederick. Natürlich.

«Ich nicht.»

«Ich weiß, Jan-Frederick», stöhne ich genervt. «Demokratie funktioniert aber nun mal so. Du hast dich der Mehrheit zu beugen.»

«Manno!»

«Gut, dann passt mal auf. Ich erzähle euch jetzt eine Geschichte.»

Alle Kinder setzen sich in einem Kreis um mich herum auf den Boden.

«Die Geschichte handelt von dem bösen feuer- und rauchspeienden Drachen Zündi, der sich immer in seiner Höhle verschanzt, und den guten kleinen Rittern und ihrem besten Freund, dem zahmen Drachen Schaumi.»

«Langweilig», meldet sich Jan-Frederick zu Wort.

«Die Geschichte hat noch nicht mal richtig angefangen», weise ich ihn zurecht. «Also halt jetzt endlich mal die Klappe!»

«Manno!»

Ich erzähle zu Ende, und alle lauschen gebannt. Sogar Jan-Fredericks Interesse erwacht im Laufe der Geschichte, was er aber vor den anderen und besonders vor mir tunlichst zu verbergen versucht.

Am Nachmittag basteln wir dann ein Drachenkostüm für mich und lauter kleine Ritterrüstungen, Helme und Schwerter aus Pappmaché für die Kinder. Als wir damit fertig sind, ziehen wir in die Schlacht.

Mit einem Ruck stoßen wir die Tür zu Frau Hollwegs Büro auf und dringen ins Feindesland ein. Der Rauch hat sich mittlerweile etwas verzogen, sodass wir sie zumindest schemenhaft an ihrem Schreibtisch sitzen sehen. Sie ist gerade dabei, sich eine neue Zigarette anzuzünden, und blickt uns verdutzt an. Ich nutze das Überraschungsmoment, ziehe den Handfeuerlöscher unter meinem Kostüm hervor und ziele damit auf Frau Hollweg. Dann verharre ich noch einen kurzen Moment und warte, bis sie die Situation voll und ganz erfasst hat. Schließlich drücke ich ab und schäume Chefin samt Zigarette großzügig von oben bis unten ein.

«Nimm das, Zündi, die Bruderschaft der kleinen Ritter hat dich nun unterjocht!»

Meine kleinen Schützlinge grölen und toben vor unbändiger Freude und schlagen dann mit ihren Holzschwertern auf den Schaumberg ein. Das war so zwar nicht geplant, aber um die Meute zurückzuhalten, fehlt mir dann doch das letzte Quäntchen Entschlossenheit. Ab diesem Moment bin ich für die Kinder ein Gott! Sogar Jan-Fredericks Aversion gegen mich scheint verflogen zu sein, denn er reicht mir mit beeindrucktem Gesichtsausdruck einen Becher Espresso.

«Demokratie finde ich jetzt doch ganz gut.»

Ich lächle ihn an. Das Leben kann so großartig sein.

Als Frau Hollweg anfängt, sich von dem Schaum zu befreien und ihr vor Wut hochroter Kopf sichtbar wird, keimt in mir jedoch langsam der Gedanke auf, dass diese Aktion womöglich ernste Konsequenzen für mich haben könnte.

Schnell bugsiere ich die Kinder wieder nach draußen, schließe die Tür und rechne damit, dass sehr bald ein verheerendes Donnerwetter über mich hereinbrechen wird. Ich erwarte mindestens eine Abmahnung, wenn nicht gleich die fristlose Kündigung. Doch nichts dergleichen geschieht. Frau Hollweg lässt sich den restlichen Tag nicht mehr blicken.

Als ich endlich wieder zu Hause bin, höre ich den Anrufbeantworter ab. Eine Nachricht von Zwenn.

«Ich bin zurück! Und es gibt Neuigkeiten! Heute Abend im Hund? Hendrik kommt auch.»

Ich freue mich sehr, wieder zu meiner gewohnten Routine übergehen zu können und mich mit meinen Freunden zu treffen.

Dann drehe ich die Musik auf, reiße mir die Kleider vom Leib und bereite mir nackt ein reichhaltiges Mahl zu. Der nächtliche Eiweißverlust muss dringend ausgeglichen werden. Die Möglichkeit eines baldigen Jobverlustes verdränge ich erfolgreich, schubbere mein gutes Stück bestens gelaunt an der Schrankecke und lasse die Nacht mit Pandora in Gedanken noch einmal Revue passieren, als ich plötzlich bemerke, dass ich beobachtet werde. Und das wohl schon seit einer ganzen Weile.

«Hallo», sagt Emil mit niedergeschlagener Stimme.

Ich erschrecke so sehr, dass ich die heiße Pfanne loslasse. Sie fällt auf meinen Fuß, was an sich schon höllisch weh tut, aber außerdem dazu führt, dass das heiße Fett herausspritzt und meinen nackten Körper mit kleinen, gefühlt tausend Grad heißen Fetttröpfchen besprenkelt, die mir zusätzliche Schmerzen zufügen. Trotzdem schnappe ich mir geistesgegenwärtig ein Geschirrtuch, bedecke mich, finde zu gewohnter Lässigkeit zurück und tue so, als wäre Nacktkochen das Normalste von der Welt.

Emil scheint aber ohnehin ganz andere Sorgen zu haben.

«Du bist schon wieder da? Ich dachte, zwanzig Uhr?», frage ich.

«Er ist nicht gekommen.»

«Wie, er ist nicht gekommen?», frage ich eine Spur zu laut.

«Na, er ist einfach nicht gekommen», erzählt Emil, und seine Mundwinkel zucken dabei. «Angerufen hat er auch nicht. Und als ich versucht habe, ihn zu erreichen, ist er nicht rangegangen.»

Ich bin fassungslos, wütend und traurig. Alles irgendwie gleichzeitig. Das kann doch nicht wahr sein! Was bildet sich dieser Wicht nur ein?

«Und du bist seit gestern Abend ganz alleine hier?»

Emil nickt bedrückt.

«Ach, Emil. Wenn ich das gewusst hätte, wäre ich natürlich sofort zurückgekommen. Warum hast du mich denn nicht angerufen?»

«Du kannst ja nichts dafür», beschwichtigt er. «Du hast mich ja nicht versetzt. Das war jemand anderes.»

Ich nicke und lege eine Hand auf seine Schulter.

«Das ist ein Scheißgefühl, wenn man auf jemanden wartet und sich freut und der dann einfach nicht kommt», fährt Emil fort. «Wahrscheinlich liegt es an mir, dass er mich nicht mag und nichts mit mir zu tun haben will.»

«So einen Unsinn darfst du nicht mal denken!», erwidere ich wütend. «Es liegt ganz sicher nicht an dir. Und wenn dein sogenannter Vater nichts mit dir zu tun haben will, dann ist er ganz einfach ein riesengroßer Depp. So! Und jetzt zieh ich mir erst mal was an!»

Ich verschwinde ins Bad. Als ich zurückkomme, hat Emil die Küche sauber gemacht und ist gerade dabei, für uns beide etwas zu essen zuzubereiten. Rührei, Bohnen, Speck und Kaffee. Ich bin sehr angetan von dem Jungen. Vor ein paar Tagen konnte er noch nicht mal ein Butterbrot richtig herum halten, und jetzt kocht er schon alleine. Ich gehe ihm zur Hand, dann setzen wir uns an den Tisch.

«Piep, piep, piep, guten Appetit», versuche ich Emil ein wenig aufzuheitern.

Er lächelt mich milde an. «Guten Appetit.»

Wir beginnen zu essen.

«Schmeckt sehr lecker», lobe ich ihn.

«Danke.»

Ich schenke mir Kaffee und ihm Tee nach.

«Wie war es mit Pandora?», will er nach einer Weile wissen.

«Doch, sehr gut», sage ich und versuche, dabei nicht zu genießerisch zu lächeln.

«Was habt ihr gemacht?»

«Ähm … wir haben … eine Serie angeschaut.»

«Cool. Was denn?»

«Ähm. Mit, ähm … Männern?», versuche ich mein Glück, denn ich habe von aktuellen Serien nicht den Hauch einer Ahnung.

«Game of Thrones?»

«Ja, genau!»

Von dieser Serie habe ich immerhin schon mal gehört, und ich weiß, wie der Eiserne Thron aussieht.

«Cool! Die steht bei mir als Nächstes an», sagt Emil und grinst. «Dann war dein Date ja ein voller Erfolg. Und wer hat dir das alles ermöglicht?»

«Und wer hat mir das alles ermöglicht?», frage ich zurück.

«Der Emil!», verkündet der Junge stolz und strahlt über das ganze Gesicht. «Mega! Oder?»

«Double mega-like», versuche ich ein weiteres Mal, mich der Jugend anzunähern, und hebe die Hand, zum Abklatschen bereit. «High-five Bro!»

Emil blickt auf meine Hand und verdreht die Augen, aber dieses Mal klatscht er mich tatsächlich ab.

«Chabo. Babo. Swag!», rufe ich euphorisch.

Emil setzt einen gequälten Gesichtsausdruck auf.

«Das ergibt überhaupt keinen Sinn, was du sagst.»

«Nicht?»

«Nein! Aber ist jetzt auch egal … Das restliche Geld gibst du mir dann einfach in den nächsten Tagen, ja?»

«Ja, klar», erwidere ich mit wenig Begeisterung, denn diese Folgekosten hatte ich gar nicht mehr präsent. Aber gut, da komme ich wohl nicht drum herum.

Nachdem jeder von uns einen Schluck aus seiner Tasse getrunken hat, wird Emil mit einem Mal wieder ganz traurig.

«Meinst du, er meldet sich jetzt gar nicht mehr bei mir?», fragt er leise.

«Ich weiß es nicht», antworte ich ernst. «Ich hoffe es nicht.»

Ich nehme einen weiteren Schluck aus meiner Tasse, und dabei kommt mir plötzlich eine Idee: «Was hältst du davon, wenn wir morgen früh vor meinem Dienst einfach hinfahren und deinen Vater zur Rede stellen?»

«Und du meinst, das bringt was?»

«Das weiß ich nicht, wir können es aber zumindest versuchen.»

«Ja, okay», sagt Emil zögerlich. «Dann machen wir das morgen.»

Die Zeit, bis ich in den Durstigen Hund aufbreche, verbringt Emil mit weiteren Folgen von *The Walking Dead,* während ich in der aktuellen Ausgabe der *Kindergarten heute* einen interessanten Artikel über verantwortungsbewussten Medienkonsum lese.

«Ich habe Christl in der historischen Brauerei zu Pilsen einen Antrag gemacht», verkündet Zwenn stolz, kaum dass er, Hendrik und ich unsere Plätze an der Theke eingenommen haben.

«Einen Antrag auf was?», frage ich ratlos.

«Einen Antrag auf Heirat, auf was sonst?»

Ich bin sprachlos. Noch vor wenigen Tagen wäre Zwenn bei der Frage, ob er jemals heiraten würde, in schallendes Gelächter ausgebrochen, und nun das!

«Das freut mich sehr für euch!», gratuliert Hendrik und umarmt Zwenn.

«Meinst du nicht, dass das alles ein bisschen früh ist? Wie lange kennt ihr euch?», gebe ich den Spielverderber, doch Zwenn lässt sich davon nicht beeindrucken.

«Lange genug, um das Wesen dieser wunderbaren Frau vollständig zu erfassen», erklärt Zwenn schwärmerisch. «Wenn es die Richtige ist, dann erkennt man das schnell. Und Christl ist die Richtige. Außerdem: Was gibt es Schöneres, als in eine Bierbrauerfamilie einzuheiraten?»

«Ich weiß ja nicht …», will ich meine Zweifel weiter ausführen, doch Hendrik unterbricht mich.

«Also, ich finde das gut. Die Ehe ist das Beste, was einem passieren kann.»

«Sagt derjenige, der die meiste Zeit seiner Ehe verschlafen hat», stichle ich. «Apropos: Wie ist denn eigentlich der Stand der Dinge mit Doris?»

Hendrik blickt mich an wie jemand, der nur knapp einer schlimmen Katastrophe entronnen ist. Schockiert und erleichtert in einem.

«Hat sich zum Glück alles wieder eingerenkt. Dank dir und den Herzbirnbaumbandlbauerbuam.»

Ich freue mich für ihn. Alles andere wäre auch wirklich ein Super-GAU gewesen. Vor allem für uns, da wir uns dann um ihn hätten kümmern müssen. Hendrik ist ohne seine Familie doch gar nicht lebensfähig.

«Übrigens habe auch ich eine Neuigkeit zu verkünden», sage ich zögerlich, aber doch ein bisschen stolz. «Ich habe eine neue Freundin! Oder so was Ähnliches zumindest.»

Zwenn und Hendrik blicken mich mit weit aufgerissenen Augen an.

«Nein!»

«Doch!»

«Oh!»

«Und wer ist es? Und wo hast du sie kennengelernt? Und überhaupt, warum erzählst du das erst jetzt?», will Hendrik wissen.

«Genau!», schließt sich Zwenn an.

«Weil … ich bis jetzt einfach nicht dazu gekommen bin, es zu erzählen. Außerdem weiß ich auch noch gar nicht, ob es da überhaupt etwas zu erzählen gibt. Wir sind ja noch in der Kennenlernphase.»

Beide trommeln ungeduldig mit den Fingern auf den Tresen, und so gebe ich mir schließlich einen Ruck und liefere die geforderten Informationen.

«Sie heißt Pandora und ist Zahnärztin.»

«Sehr gut, die haben Geld», lobt mich Hendrik. «Und Zahnersatz ist ein nicht zu unterschätzender Kostenfaktor im Alter.»

«Wir haben uns bei ihr in der Praxis kennengelernt, als ich dort wegen eines gespaltenen Backenzahnes war, den ich mir durch das unsachgemäße Öffnen einer Colaflasche mit den Zähnen zugezogen habe.»

Beide verziehen das Gesicht, als könnten sie den Schmerz deutlich spüren.

«Was machst du denn für Sachen? Ich war doch noch nicht mal 'ne Woche weg», sagt Zwenn sichtlich aufgewühlt. «Ich lass dich nie wieder allein. Versprochen.»

Und dann umarmt er mich spontan, worüber ich dann doch etwas irritiert bin, denn noch vor kurzem hat Zwenn Körperkontakt in jeglicher Form tunlichst vermieden, und jetzt macht er die Bewegung so routiniert, als würde er den ganzen Tag Free Hugs im Park verteilen. Diese Christl scheint bei ihm einiges in Gang gesetzt zu haben. Vielleicht ist sie ja tatsächlich die Richtige für ihn. Ich würde es ihm natürlich wünschen, und mir würde ich wünschen, dass er mich nun endlich aus seiner Umklammerung freigibt.

«Ist gut jetzt», tadle ich ihn und verschaffe mir ein wenig Platz.

Zwenn klopft mir aufmunternd auf die Schulter und setzt sich wieder.

«Na, dann können wir ja bald mal einen Pärchenabend veranstalten», freut sich Hendrik. «Jetzt, wo plötzlich jeder von uns eine Frau hat.»

Fest davon überzeugt, dass er davon das Gleiche hält wie ich, nämlich gar nichts, sehe ich Zwenn an. Doch entgegen meiner Erwartung scheint er regelrecht begeistert zu sein.

«Super Idee. Die Christl hat eh schon gefragt, wann sie euch mal wieder sieht.»

O Gott, wo bin ich da reingerutscht?

«Äh … ja, … okay, ich kann es Pandora zumindest mal vorschlagen», bringe ich schließlich mühsam hervor, auch wenn ich die Vorstellung eines Pärchenabends absolut grauenhaft finde.

Ich bin der festen Überzeugung, dass man Freundeskreis und Beziehung niemals vermischen sollte, denn falls es doch mal zu einer Trennung kommt, müssen sich die Freunde für eine Partei entscheiden. Im schlimmsten Fall steht man dann komplett ohne Freunde da. Alles schon erlebt.

11

Zwenn hat mir gestattet, den Colt noch ein paar Tage zu behalten, und so ist es Emil und mir möglich, früh am nächsten Morgen tatsächlich vor Tills Haustür zu stehen.

Emil versteckt sich hinter mir, als ich klingle. Till öffnet – dieses Mal in Hemd und Hose – und blickt sich exakt so nervös um wie beim letzten Mal.

«Bist du allein?»

«Nein.»

«Du bist aber nicht mit einer dieser durchgeknallten Feministinnen hier?»

«Nein.»

«Diese Weiber nerven. Die zeigen zwar immer ihre Titten, was ich im Prinzip ja schon mal gut finde, aber sonst nerven die. Mann, wie die nerven!»

«Ja, das hattest du bei meinem letzten Besuch bereits erwähnt. Aber ich bin hier, weil du vorgestern ganz offensichtlich etwas vergessen hast.»

«So? Und was soll das sein?»

Ich gehe einen Schritt zur Seite, damit er freien Blick auf Emil hat.

«Hallo, Papa.»

«Heyyy, Emil!», ruft Till ein wenig zu überzogen. «Wie geht's, wie steht's?»

«Geht so», sagt Emil nüchtern. «Ich habe auf dich gewartet, aber du bist nicht gekommen.»

«Ja, ich weiß, sorry du, mir ist was dazwischengekommen. Ich musste noch das Seminar vorbereiten. Verstehst du doch, oder?»

«Ja», erwidert Emil mit gesenktem Kopf.

«Nächstes Mal klappt's bestimmt. Versprochen.»

«Okay, dann bis zum nächsten Mal», sagt Emil und macht sich auf den Weg zurück zum Auto.

«Ähm, was ist mit jetzt?», will ich wissen.

«Uh, jetzt ist ganz schlecht …»

«Warum?», frage ich.

«Warum?», fragt Till zurück.

«Ja, warum?», wiederhole ich.

«Weil ich noch einen Vortrag halte heute.»

«Cool!», ruft Emil und kommt zurück zur Haustür. «Da wäre ich so gerne dabei!»

«Siehste.» Ich zwinkere dem überrumpelten Till zu und verabschiede mich von Emil mit den Worten: «Ich hol dich heute Abend wieder ab.»

Auf dem Weg zum Auto versucht Till, mich einzuholen.

«Ey, jetzt warte doch mal. Ich bin doch völlig aus der Übung. Was Kinder betrifft, meine ich jetzt. Ich hab keine Ahnung, was ich machen soll.»

«Emil ist so eine Art sprechende Bedienungsanleitung. Der sagt dir dann schon, was zu tun ist.» Ich klopfe Till ermutigend auf die Schulter. «Viel Spaß euch beiden!»

Ich steige in den Colt und sehe zu, dass ich hier so schnell wie möglich verschwinde.

Die Kita Kunterbunt betrete ich mit einem mulmigen Gefühl im Magen, denn ich erwarte natürlich, dass meine Chefin die symbolische Drachentötung vom Vortag spätestens heute ahndet und mit einer perfiden Racheaktion antwortet. Ich rechne mit einem Vergeltungsschlag biblischen Ausmaßes – oder gleich mit der fristlosen Kündigung. Bis Dienstschluss bin ich in höchster Alarmbereitschaft. Doch es passiert wieder nichts. Nada, null, niente. Ich bekomme Frau Hollweg und auch meine Kollegin Anita den ganzen Tag nicht mal zu Gesicht. Sehr merkwürdig. Sehr, sehr merkwürdig.

Dafür beschweren sich meine Lieblingseltern, Major Holm und seine Tiertrainerfrau, bei mir über die seltsame Entwicklung, die ihr geliebter Jan-Frederick scheinbar über Nacht durchgemacht hat. Zu Hause ist er plötzlich aufmüpfig, rebellisch, hört nicht mehr auf Kommandos und stellt alles, aber auch wirklich alles in Frage, was seine Eltern zu ihm sagen. Im Hause Holm hat es so ein Verhalten seit Generationen nicht mehr gegeben, und die armen Eltern wirken wirklich mehr als überfordert und verunsichert.

«Das kann ich mir beim besten Willen nicht vorstellen», ist meine lapidare Antwort, «bei uns ist er mittlerweile so ein Engel. Stimmt's, Jan-Frederick?»

Woraufhin der Junge beflissen nickt und sich dann mit Lehrermiene an seine Eltern wendet. «Demokratie ist eben manchmal auch unangenehm und anstrengend.»

Nach der Arbeit fahre ich wie versprochen zu Till, um Emil wieder abzuholen. Als ich ankomme, öffnet mir ein sehr niedergeschlagen wirkender Emil.

«Wo ist dein Vater?»

«Bei seinem Vortrag.»

«Ohne dich?»

Emil nickt.

«Er hat dich ganz alleine hiergelassen?»

Wieder nickt Emil.

«Das gibt's doch nicht!», sage ich kopfschüttelnd, und mit einem Mal erfüllt mich wütende Entschlossenheit. «Weißt du, wo der Vortrag stattfindet?»

«In so einem Hotel in der Stadt.»

«Weißt du den Namen?»

«Savoy oder so.»

«Okay, dann hol mal deine Sachen. Wir fahren da jetzt hin und blasen dem mal den Marsch.»

Emil tut, was ich ihm gesagt habe, und wenige Minuten später sitzen wir im Auto und fahren in Richtung Hotel Savoy.

Als wir dort ankommen, will uns der Portier nicht den Raum nennen, in dem das Seminar stattfindet. Erst nachdem wir ihm glaubhaft versichern, dass wir keiner Feministinnen-Gruppe angehören, wird uns die Auskunft erteilt.

In dem Raum sitzen circa zwanzig Männer unterschiedlichsten Alters und lauschen gebannt dem Vortrag. Wir setzen uns in die letzte Reihe und hören ebenfalls zu. Einiges kenne ich bereits von Emil. Aus seinem Mund hat sich das alles irgendwie niedlich und harmlos angehört, doch jetzt, da Till spricht, hat das Ganze schon einen sehr manipulativen Unterton. Am meisten aber irritieren mich die Fragen und Kommentare der anderen Seminarteilnehmer, denn die drehen sich fast ausschließlich darum, wie man eine Frau am besten ins Bett bekommt, und Till scheint sich auch sehr bewusst darüber zu sein, was seine Klientel möchte. Von Liebe und Beziehung, also den Dingen, nach denen ich mich sehne, spricht keiner. Nach einigen zähen Minuten kommt Till endlich zum Schlusswort.

«Bei allem Respekt für das, was die Frau in der heutigen Zeit alles leistet, dürfen wir Männer niemals vergessen, dass sie uns aus biologischer Sicht untergeordnet ist. Wir lassen sie zwar in höhere Positionen aufsteigen, und sie können heutzutage Richterinnen, Bankerinnen, Vorstandsvorsitzende werden, ja, wir lassen sie sogar unser Land regieren. Aber wenn es mal hart auf hart kommt, dann werden wir wieder die Führung übernehmen, denn die Verteilung, wer führt und wer folgt, ist von Natur aus vorgegeben und kann nicht verändert werden, auch wenn das einige gerne möchten. Der Mann führt, die Frau folgt. Aber lasst sie machen, wenn sie denn unbedingt wollen. Lasst sie eure Arbeit machen und genießt es. Aber vergesst dabei nicht, sie hin und wieder ihrer eigentlichen Bestimmung zuzuführen, nämlich euch sexuell zu begeistern.»

Ich blicke mich um und will mich vergewissern, ob ich denn hier der Einzige im Raum bin, der Tills krude Thesen nicht unterstützt. Die Antwort lautet: Ja, das bin ich, denn es folgt tosender, langanhaltender Applaus. Auch von Emil, und das macht mir dann doch etwas Sorgen.

«Magst du im Auto warten?», unterbreche ich ihn. «Ich glaube, ich spreche besser erst mal alleine mit deinem Vater. Okay?»

Emil nickt und trottet davon, während ich Till ins Nebenzimmer folge, das eine Art Backstagebereich zu sein scheint. Er holt sich einen Joghurt aus dem Kühlschrank und löffelt ihn im Stehen.

«Till!», rufe ich und kann dabei nur schlecht verbergen, wie aufgebracht ich bin.

Er dreht sich um und bekommt einen unverhohlen genervten Gesichtsausdruck, als er mich sieht.

«Du schon wieder. Dich wird man ja schwerer los als Genitalherpes!»

Ich überhöre diese Spitze und komme direkt zum Thema.

«Du hast Emil den ganzen Tag alleine in deinem Haus gelassen. Das war nicht der Sinn der ganzen Sache.»

«Na ja, ging nicht anders, hier hätte er nur gestört.»

«Wieso hätte er hier nur gestört? Es war doch heute Vormittag klar, dass du ihn mitnimmst.»

«Nichts war klar. Ich hab von Anfang an gesagt, dass ich einen Vortrag habe. Du hast ihn mir aufgezwungen.»

«Ich hab dir deinen Sohn aufgezwungen? Was bist du nur für ein Volltrottel?», erwidere ich erbost und nehme ihm seinen Joghurt weg.

Das hätte ich nicht tun dürfen, denn daraufhin wird er richtig aggressiv.

«Du bist ja wohl der Volltrottel!», ruft er gereizt, will sich den Joghurt zurückholen und wird dabei regelrecht handgreiflich.

Meine Reflexe reagieren sofort, und ich verpasse ihm einen Kinnhaken. Ohne es wirklich zu wollen natürlich, denn ich bin ja schließlich Pazifist. Aber da hat mir mein Unterbewusstsein wohl einen Streich gespielt. Du böses, böses Unterbewusstsein!

Till scheint über meinen Schlag ebenso überrascht zu sein wie ich. Er blickt mich schockiert an und spuckt dann einen blutigen Zahn auf den Teppichboden, den wir beide fassungslos anstarren.

«Ui, ’tschuldigung, das wollte ich nicht. Ich wusste gar nicht, dass ich überhaupt so viel Kraft habe», sage ich.

Till blickt mich bleich an.

«Du hast mir einen Zahn ausgeschlagen», sagt er schockiert und mehr zu sich als zu mir.

«Ja, ich kann mich nur noch mal entschuldigen. Das war bestimmt nicht meine Absicht.»

«Das hilft mir jetzt wenig! Was machen wir denn nun?!»

Ich blicke ihn ratlos an, doch dann fällt mir etwas ein.

«Ich hab mal gelesen, dass man einen Zahn wieder einsetzen kann, wenn man schnell handelt. … Und ich kenne 'ne gute Zahnärztin …»

Schlagartig kehrt das Leben in Tills Körper zurück.

«Was stehen wir dann hier noch herum? Los!»

Till greift sich seinen Zahn, wir rennen die Treppe hinunter, an den gaffenden Hotelgästen vorbei und raus auf die Straße. Dort springen wir in den Mitsubishi Colt, in dem Emil wartet.

«Hallo, Papa!»

«Heyyy, Emil! Wie geht's, wie steht's?»

«Du blutest! Was ist passiert?»

Ich starte den Wagen und beschleunige rasch.

«Nichts, nichts, bin nur gestolpert», schwindelt Till, was ich erleichtert zur Kenntnis nehme. Wenigstens verpetzt er mich nicht.

Als wir in Pandoras Praxis ankommen, wird Emil wie immer im Wartezimmer geparkt, während Till sofort in ein Behandlungszimmer gebracht wird.

Pandora ist sichtlich erfreut über meinen Besuch. Sie zieht mich, ohne zu zögern, in eine enge Wäschekammer und beginnt, mich wild zu küssen.

«Ich hab dich vermisst!»

«Ich hab dich auch vermisst.»

«Hast dich lange nicht gemeldet. Ist das so eine Masche von dir?»

«Nein, gar nicht. Aber es ist so viel passiert, dass …»

«Die Masche funktioniert», fällt sie mir ins Wort. «Ich will dich! Jetzt sofort!»

«O-kee. Das ist sehr schmeichelhaft», sage ich zärtlich und versuche sie trotzdem sanft wegzuschieben, «nur ist jetzt vielleicht nicht der hundertprozentig richtige Zeitpunkt.»

«Das glaube ich aber schon!»

Pandora scheint richtig heiß gelaufen zu sein und will mir die Hose aufknöpfen. Ich lache verlegen und versuche, ihre Hand immer wieder von meinem Hosenschlitz wegzuschieben, doch sie bleibt hartnäckig.

«Ich habe dir einen Patienten gebracht, der dringend deine Aufmerksamkeit benötigt. Ich habe ihm einen Zahn ausgeschlagen.»

Jetzt stockt Pandora und zieht sich dann ihre Kleidung wieder zurecht.

«In diesem Fall ist tatsächlich Eile geboten. Auf jeden Fall gut, dass ihr so schnell gekommen seid», sagt sie in professionellem Ton.

Wir verlassen die Wäschekammer und gehen in den Raum, in dem Till mit leidender Miene auf dem Behandlungsstuhl sitzt. Pandora reicht ihm die Hand.

«Dr. Buntschuh, guten Tag», sagt sie. «Die gute Nachricht zuerst. Ihr Zahn kann gerettet werden. Er kommt jetzt sofort in eine Nährlösung, und ich setze ihn dann nachher wieder ein.»

«Das ist wirklich eine gute Nachricht», sagt Till erleichtert und übergibt Pandora seinen blutigen Zahn, den er die ganze

Zeit über in seiner Faust aufbewahrt hat. Pandora verlässt damit zügig den Raum.

«Bin gleich wieder da.»

Als sie weg ist, blicke ich Till schuldbewusst an.

«Hör zu», beginne ich nach einer kurzen Weile des unangenehmen Anschweigens. «Das mit deinem Zahn tut mir wirklich leid. So aufgebracht kenne ich mich eigentlich gar nicht.»

«Schon okay», wiegelt Till ab und blickt mich nachdenklich an. «Emil scheint dir ja recht wichtig zu sein …»

«Ja, und deswegen hoffe ich natürlich, dass sich noch irgendeine Lösung findet, wie's mit euch weitergeht. Er vermisst dich und braucht dich.»

Till blickt mich aufmerksam an, und es scheint, als würden meine Worte dieses Mal tatsächlich bei ihm ankommen.

«Ich war immer ganz froh, wenn mein Vater nicht da war», gesteht Till mir schließlich. «Wenn er da war, war es immer irgendwie … scheiße.»

«Das ist der Grund?»

Till zuckt mit den Schultern. «Ich will nicht so sein wie er, aber ich weiß auch nicht, wie es anders geht.»

«Hauptsache, du bist für ihn da. Regelmäßig. Der Rest ergibt sich dann schon.»

Till lächelt mich nachdenklich an. «Und dich kann ich dann auch mal anrufen, wenn ich nicht weiterweiß?»

«Klar.»

«Bist 'n Kumpel!», sagt Till, steht dann auf und umarmt mich.

«Äh, okay. Na klar», erwidere ich überrascht.

Pandora kommt mit Tills Zahn in einem Glas voll Flüssigkeit zurück ins Behandlungszimmer und wirft uns einen amüsierten Blick zu.

«Lasst euch nicht stören.»

«Wir sind eigentlich fertig», sage ich und löse mich aus Tills Umarmung.

«Du brauchst nicht auf mich zu warten. Ich nehme mir dann ein Taxi, ja?», sagt Till und setzt sich wieder in den Behandlungsstuhl.

Das lasse ich mir nicht zweimal sagen, schließlich habe ich nicht nur eine Schlägerei hinter mir, sondern auch einen anstrengenden Arbeitstag. Ich will eigentlich nur noch die Beine hochlegen und mich dann keinen Millimeter mehr bewegen. Ich verabrede mich mit Pandora fürs Wochenende, verabschiede mich von ihr mit einem leidenschaftlichen Kuss, was mir einen anerkennenden Blick von Till einbringt, und wünsche eine angenehme Zahnbehandlung.

«Sag mal, Emil», frage ich, als wir wenig später im Auto sitzen, «das, was dein Vater da vorhin bei seinem Vortrag gesagt hat, von wegen die Frau sei dem Mann untergeordnet, das glaubst du doch nicht, oder?»

Emil lacht beherzt.

«Warum sollte ich das denn nicht glauben?»

«Weil es nicht stimmt, zum Beispiel?»

«Klar stimmt es», antwortet Emil.

Es sieht so aus, als wäre er tatsächlich dieser Meinung, doch ich beschließe, darauf nichts weiter zu erwidern. Vorerst zumindest. Beim Thema Vater muss man ja generell sehr sensibel vorgehen. Dennoch sollte ich mir demnächst überlegen, wie ich den Jungen von Tills kruden Thesen abbringe, um zu retten, was noch zu retten ist.

«Habt ihr denn wenigstens heute Vormittag was Schönes gemacht?», wechsle ich schließlich das Thema.

«Na ja, geht. Nachdem du weg warst, habe wir Billard gespielt, aber nur fünf Minuten, dann hat er das Seminar vorbereitet, und dann musste er auch schon weg … Und gegessen hab ich den ganzen Tag auch kaum was. Es gab nur Joghurt im Haus, und mehr als zwei wollte ich dann auch nicht essen.»

«Mann, Mann, Mann. Dein Vater ist wirklich eine Flitzpiepe, das gibt's doch gar nicht!», sage ich kopfschüttelnd.

Ich halte sofort am nächsten Imbiss und beginne mit der Notversorgung des Jungen: doppelter Cheeseburger, Pommes groß, kleiner Salat. Letzteren schiebt er aber mir zu.

Zu Hause angekommen, sind wir beide so müde von den Aufregungen des Tages, dass wir uns frühzeitig auf den Weg ins Bett machen.

Nachdem Emil eingeschlafen ist und ich mir gerade schlafmützig mein Goofy-Schlaf-T-Shirt überziehe und in Richtung Bett schlurfe, klingelt es plötzlich an der Tür. Nanu, Besuch zu so später Stunde? Ich öffne – und wer steht da in Trenchcoat, hochhackigen Schuhen und mit einem kleinen Werkzeugköfferchen lasziv an den Türrahmen gelehnt: Pandora!

«Na, du! Wochenende ist mir doch zu lange hin. Außerdem hat es mich ganz schön scharf gemacht, dass du so ein wilder Schläger bist.»

«Bin ich jetzt nicht so direkt …»

«Ssssch!» Sie drückt mir ihren Zeigefinger auf den Mund, bevor sie mir einen langen, leidenschaftlichen Zungenkuss gibt, der nach Rotwein und Zigaretten schmeckt, aber auch nach Sonne und Strand.

«Der Zahn deines Opfers ist übrigens gerettet. Kann ich reinkommen?», haucht sie mir ins Ohr.

«Ja, klar, wir müssen aber ein bisschen leise …», setze ich an, stocke dann jedoch, weil Pandora ihren Trenchcoat auszieht und ich sehe, was sie drunter trägt, nämlich nichts. Ich komme mir mit meinem Goofy-Schlaf-T-Shirt etwas overdressed vor. Doch Pandora reißt es mir ohnehin sofort vom Leib, genauso wie meinen Bob-der-Baumeister-Schlüpper – ein Kind hat mir mal zu Weihnachten ein ganzes Paket davon geschenkt.

Mir gelingt es gerade noch, Pandora irgendwie in mein Schlafzimmer zu bugsieren und die Tür zu schließen, bevor ich nach Strich und Faden durchgevögelt werde. Ich kann mir bildlich vorstellen, wie meine 98-jährige Nachbarin Oma Haverstedt, die in der Wohnung unter mir wohnt, besorgt nach oben blickt, wenn bei jeder Erschütterung der Putz von der Decke rieselt. Hoffentlich bekommt Emil von all dem nichts mit.

Nach sagenhaften dreieinhalb Stunden muss ich kapitulieren und lege mich erschöpft neben Pandora.

«Soll ich dir zur Entspannung den Damm massieren?», fragt sie nach einigen Sekunden mit glänzenden Augen.

«Was?! Nee danke, lass mal. Ich glaube, wir sollten jetzt einfach ein bisschen schlafen.»

«Löffelchen?», fragt Pandora.

Ich nicke lächelnd. Sie dreht mir den Rücken zu, und ich schmiege mich an sie.

«Ich würde gerne mehr über dich erfahren», flüstere ich ihr ins Ohr. «Wer du bist, was du denkst, was du fühlst.»

«Ich bin ein experimentierfreudiges Kätzchen, das gerne schnurrt», antwortet Pandora sonor. «Und du?»

«Ich bin … der Christoph», antworte ich mit letzter Kraft, und dann schlafe ich vor Erschöpfung einfach ein.

Erstaunlicherweise träume ich wieder von der Vagina dentata. Das ist merkwürdig, denn für gewöhnlich tue ich das ja nur in den Zeiten kurz vor, während oder nach Trennungen, und meiner Meinung nach befinde ich mich momentan nicht in einer dieser Zeiten. Oder doch?

Mir bleibt allerdings keine Zeit, über diese existenziell wichtige Frage nachzudenken, denn die Vagina dentata verfolgt mich zähnefletschend die ganze Nacht, und ich renne und renne. Nach Stunden bin ich so erschöpft, dass ich langsamer werde, schließlich stehen bleibe und kapituliere. Meine Gegnerin fackelt nicht lange, sondern verschlingt mich mit einem einzigen großen Happs, und ich bin gefangen in zähflüssigem Schleim, aus dem es kein Entrinnen mehr gibt.

Als ich aufwache, ist es draußen schon wieder hell. Irgendetwas ist anders als sonst. Ich blicke mich um und sehe, dass ich nicht im Bett, sondern auf dem Fußboden daneben liege und noch dazu auf einer riesigen Plastikplane. Zudem bin ich von oben bis unten mit einer glitschigen Flüssigkeit bedeckt.

Schleim?, schießt es mir als Erstes durch den Kopf. Das kann doch nicht sein!

Dann bemerke ich Pandora, die auf mir liegt. Sie ist ebenfalls mit der glitschigen Flüssigkeit bedeckt und rutscht mit ihrem Körper engagiert über den meinen.

«Guten Morgen», sage ich irritiert.

«Morgäään!», trällert Pandora gut gelaunt, während sie weiter über mich drübergleitet.

«Äh, ich hätte da gleich mal 'ne kurze Frage: Was machen wir da?»

«Nuru-Massage.»

«Nuru-Massage?»

«Yup. Japanische Ganzkörpermassage. Körper massiert Körper. Geil, oder?»

«Äh, ja. Es ist zumindest … ungewöhnlich, so aufzuwachen.»

Ich drehe meinen Kopf zur Seite und sehe eine große Flasche Massageöl. Meine ist es nicht, und auch die Plane gehört nicht zu meinem Hausrat. Pandora scheint diese Aktion ganz offenbar von langer Hand geplant zu haben.

«Und die Plane und das Öl hast du extra mitgebracht?»

«Na klar», gibt sie freimütig zu, «und jetzt bekommst du 'ne schöne Prostata-Massage von mir.»

«Ahahaha. Das ist mir jetzt noch zu früh. Prostata-Massage grundsätzlich nie vor dem Frühstück. Und auch nicht danach!»

«Komm, macht Spaß. Wirst schon sehen.»

Spricht's und fängt sofort an, mit ihrem Zeigefinger einen Eingang zu meinem Körper zu suchen, was ich aber in jedem Fall verhindern will. Ich presse meine Pobacken so fest ich kann zusammen und wehre gleichzeitig ihren Finger mit gezielten Schlägen ab, doch Pandora fühlt sich durch den Widerstand noch mehr angestachelt.

«Brauchst keine Angst zu haben. Gibt kein Popo-Aua! Wird ganz schön.»

«Ich möchte das aber nicht.»

«Komm schon.»

«Nein! Ich möchte das aber nicht!»

Ich will hier so schnell wie möglich weg und stehe auf. Na

ja, zumindest versuche ich es. Auf einer geölten Plane ist das allerdings nahezu unmöglich. Ich rutsche aus und lande nach jedem Versuch noch spektakulärer wieder auf dem Boden als bei dem vorangegangenen. Zu allem Überfluss platzt dann auch noch Emil total verpennt und mit halb geschlossenen Lidern ins Zimmer.

«Sag mal, war ein Gewitter heute Nacht, oder was hat da ständig so gerumst? Ich hab ganz schlecht geschlafen.»

Er reibt sich die Augen, öffnet sie dann und erblickt Pandora und mich. Wir starren ihn bewegungslos vor Schreck von der geölten Plane aus an.

«Huch! Ich glaub, ich geh dann mal wieder», sagt er erschrocken, macht einen Satz nach hinten und zieht schnell die Tür von außen zu.

«Christoph, sperr einfach beim nächsten Mal ab, wenn du Besuch hast, ja?! Ich bin nämlich noch minderjährig! Kapiert!?»

«'tschuldigung», erwidere ich kleinlaut. «War so auch nicht geplant. Ich komme gleich zum Frühstück.»

«Ist das deins?», will Pandora wissen.

«Nein. Das ist der Sohn deines neuen Patienten Till und meiner Nachbarin Juli. Die ist gerade im Krankenhaus, deswegen passe ich auf ihn auf.»

Pandora wirkt erleichtert.

«Und du hast ihn doch auch schon mal gesehen. Ich war mit ihm in deiner Praxis. Außerdem: Wäre es denn so schlimm, wenn es meiner wäre?», frage ich vorsichtig nach.

«Na ja, schon, ich bin nicht so der Kinderfan», erklärt Pandora und zuckt mit den Achseln, während sie sich mit einem mitgebrachten Handtuch das Öl vom Körper rubbelt. Ich kann mich nicht dagegen wehren, dass mich diese Aussage ein klein wenig trifft. Im gleichen Moment fällt mir allerdings ein, wie viele Menschen ich kenne, die keine Kinderfans waren, bevor sie eigene Kinder hatten, und wie viele Menschen ich kenne, die auch ausschließlich Fans ihrer eigenen Kinder sind und nicht die der anderen. Von daher nehme ich diese Aussage jetzt nicht ganz so ernst.

«Ich habe andere Lebensziele», fährt sie schließlich fort.

«Nämlich?»

«Menschen zu helfen zum Beispiel ...»

«Das ist super. Und so wichtig», pflichte ich ihr bei.

«... und ihnen dabei das Geld aus der Tasche zu ziehen», fügt Pandora schelmisch grinsend hinzu, «damit ich mir irgendwann ein Schloss aus Zahngold bauen kann!»

«Das ist ein hehres Ziel», lüge ich und versuche, meine Enttäuschung, so gut es geht, zu verbergen.

Pandora kann leider nicht zum Frühstück bleiben, da sie früh den ersten Patienten hat. Also verabschiede ich sie an der Tür und setze mich danach zu Emil an den Tisch. Der Junge blickt mich vorwurfsvoll an. Wir löffeln eine Weile schweigend unser Müsli, bis ich mich schließlich durchringe.

«Es tut mir leid, Emil, echt, das war so ganz sicher nicht geplant. Pandora hat mich einfach ... äh, überrumpelt. Ich konnte nichts machen. Entschuldige bitte die Unannehmlichkeiten.»

«Und den Schreck, den du mir eingejagt hast», ergänzt Emil streng.

«Und den Schreck, den ich dir eingejagt habe», wiederhole ich.

«Und die Albträume, die ich in den nächsten Jahren haben werde!»

«Und die Albträume, die du in den nächsten Jahren haben wirst.»

Emils Miene wird nachsichtiger.

«Okay, ich verzeihe dir», sagt er und macht eine lässige Handbewegung, wie ein Herrscher, der es gewohnt ist, dass andere um seine Gunst buhlen.

«Danke», sage ich ehrlich erleichtert.

«Bitte. Und ich glaube dir jetzt übrigens auch, was du gestern gesagt hast», fährt Emil ernst fort. «Der Mann ist der Frau nicht überlegen. Zumindest in deinem Fall ist das nicht so.»

Ich lächle gequält, freue mich aber dennoch darüber, dass mein pädagogisches Vorhaben so überraschend und ohne jegliches Konzept gelungen ist.

12

Juli wartet bereits vor dem Krankenhaus, als wir dort ankommen. Wir hatten ihr ja versprochen, sie abzuholen, und dieses Versprechen lösen wir nun ein, allerdings mit reichlich Verspätung.

«Da seid ihr ja!», ruft sie, als sie uns sieht. «Ich dachte schon, ihr kommt gar nicht mehr.»

«Sorry, wir haben uns ein wenig verquatscht», sage ich.

«Wer wir? Ihr beide?»

«Ja.»

«Verquatscht? Mit meinem Sohn Emil, dessen Sätze in der Regel nur aus einem Wort bestehen? Mit diesem Emil?»

Emil stöhnt. «Ja, Mama, ist gut jetzt.»

Ich nehme Julis Tasche und helfe ihr beim Einsteigen.

«Emil hat seinen sprachlichen Output nicht nur von Einauf Drei-Wort-Sätze hochgeschraubt, sondern er kann jetzt auch Rührei machen sowie bei Bolognese assistieren.»

«Wirklich? Wow.»

Juli streicht ihrem Sohn über die Hand, die auf der Lehne liegt, woraufhin er diese rasch zurückzieht.

«Freut mich sehr, dass es so gut geklappt hat mit euch beiden. Noch einmal vielen, vielen Dank, dass du dich um ihn gekümmert hast.»

«Kein Problem. Hat ja auch ein bisschen Spaß gemacht.»

«Dir auch, Emil?», fragt Juli nach hinten, wo ihr Sohn in sein iPad vertieft ist.

«Geht.»

«Das heißt, dass es ihm auch ein bisschen Spaß gemacht hat», übersetzt Juli.

«Wir waren übrigens bei Papa», lässt Emil beiläufig verlautbaren, ohne von seinem iPad aufzusehen.

Juli zieht die Augenbrauen nach oben.

«Ihr wart bei Papa? Bei Till?»

Emil setzt einen Gesichtsausdruck auf wie ein Lehrer, der einen besonders begriffsstutzigen Schüler vor sich hat.

«Ist Till mein Papa?»

«Ja, natürlich.»

«Dann waren wir bei Till, ja!»

«Wie das?», fragt Juli.

«Er hat sich bei mir gemeldet.»

«Er hat sich bei dir gemeldet?»

«Mama, du musst nicht immer alles wiederholen, was ich sage. Ja, er hat sich bei mir gemeldet.»

«Das ist ja eine Überraschung», sagt Juli langsam. «Und … und wie war's? Wie geht's ihm?»

«Ihm geht's gut. Er hat genügend Joghurt im Haus und einen neuen Billardtisch.»

Juli blickt mich hilfesuchend an, doch ich hebe abwehrend die Hände.

«Klingt gut», sagt sie an Emil gewandt. «Und wie seid ihr verblieben? Seht ihr euch in nächster Zeit wieder?»

«Ja, vielleicht. Mal sehen.»

Spricht's und widmet sich wieder seinem iPad.

«Okay», sagt Juli, dreht sich nach vorne und blickt nachdenklich aus dem Fenster. «Der Till hat sich gemeldet. Ich werd nicht mehr.»

Wir fahren eine Weile schweigend durch die Stadt, bis sich

Emil wieder zu Wort meldet. Natürlich ohne von seinem iPad aufzublicken.

«Was ist eigentlich eine Schufa-Auskunft?»

«Eine Bescheinigung, auf der steht, ob du kreditwürdig bist», antwortet Juli gedankenverloren.

«Aha. Und wo bekomme ich die her?»

«Du gar nicht», sagt Juli, jetzt wesentlich wacher. «Was machst du da eigentlich?»

«Ich suche nach 'ner Wohnung!»

«Bitte?»

«Ich suche nach einer Wohnung», wiederholt Emil überdeutlich. «Ich will ausziehen.»

Juli dreht sich zu ihm um. «Warum?»

«Ich will langsam mal auf eigenen Beinen stehen. Selbständig werden. Erwachsen! Das ist doch auch das, was du willst.»

«Ja, aber doch nicht so!»

«Wie denn dann?», fragt Emil in gelangweiltem Ton.

«Anders! Dass du dir die Schuhe alleine zubindest, dein Zimmer aufräumst, so Sachen … Du kannst nicht ausziehen!»

«Doch!»

«Nein!»

«Und wieso bitte nicht, Mutter?», sagt er jetzt deutlich patziger als zu Beginn der Unterhaltung.

«Weil du erst elf bist!»

«Ich bin elfeinhalb!»

«Meinetwegen elfeinhalb. Für eine eigene Wohnung ist beides definitiv zu jung. Mit achtzehn kannst du von mir aus ausziehen. Vorher nicht!»

«Das glaubst du!»

«Ja, das glaube ich», entgegnet Juli ruhig und dreht sich wieder nach vorne. Die Unterhaltung scheint für sie beendet zu sein.

«Du bist so eine … Helikopter-Mutti!», entgegnet Emil und verschränkt die Arme vor der Brust.

«Und du ein Problem-Kind», kontert Juli schmunzelnd.

«Pah!»

Als wir zu Hause sind, helfe ich Juli die Treppen hinauf und begleite sie bis in die Wohnung. Emil schleppt hinter uns ihre Tasche nach oben und verschwindet dann beleidigt in Richtung seines Zimmers.

«Tschüss, Emil, ich muss dann auch gleich los!», rufe ich ihm hinterher.

«Ja, ciao, bis die Tage», sagt er kurz, bevor er die Tür zuknallt. Kurz danach öffnet er sie wieder, nur um hinzuzufügen: «War schön.»

Juli zieht erstaunt die linke Augenbraue nach oben. Emil bemerkt das, verdreht die Augen und schließt seine Zimmertür wieder. Dieses Mal mit weniger Wucht.

Juli seufzt und schweigt.

«Klassischer Ablösungskonflikt. Geht vorbei», beruhige ich sie, ganz Profi-Pädagoge.

«Sicher?»

«Ja, sicher. Bei manchen allerdings erst, wenn sie die dreißig weit überschritten haben.»

«Stimmt. Von denen hab ich in meinem Leben auch schon ein paar kennenlernen dürfen.»

«Okay, ich muss dann mal zur Arbeit», sage ich schließlich. «Wenn irgendwas ist, ruf einfach an.»

«Ja, mach ich. Und komm doch mal zum Frühstück vorbei. Jetzt, wo Emil kochen kann, sollte er in Übung bleiben. Nicht, dass das wieder einschläft.»

«Sehr gerne.»

Ich drehe mich um und will gehen.

«Ach, könntest du mir noch schnell aus dem Kleid helfen?», fällt Juli noch ein. «Das ist so unbequem, und ich kann mich immer noch nicht richtig bewegen.»

«Okay», sage ich zögernd. «Unterwäsche hast du aber an, ja?»

«Ja, natürlich», antwortet sie empört.

Ich öffne ihr den Reißverschluss, und sie lässt das Kleid zu Boden gleiten.

«Gibst du mir das T-Shirt dahinten, bitte?»

Ich tue, wie mir gesagt wurde, und streife ihr das fast knielange T-Shirt über den Kopf. Als sie sich umdreht, sehe ich, dass es genau das gleiche Goofy-T-Shirt ist, das ich auch habe. Ein Lächeln huscht über mein Gesicht.

«Wir haben anscheinend mehr Gemeinsamkeiten, als wir geahnt haben», sage ich.

«Warum?»

«Ich habe genau das gleiche T-Shirt. Dann hast du bestimmt auch Bob-der-Baumeister-Unterwäsche?»

Sie blickt mich stirnrunzelnd an.

«Nein, habe ich nicht. Du etwa?»

«Nein, ich auch nicht», rudere ich schnell zurück.

Juli lächelt mich an. Und dann küsst sie mich. Einfach so. Ohne Vorwarnung. Ihre Lippen sind warm und weich und zart und schön. Sie riecht nach Vanille, und der Kuss fühlt sich absolut richtig an. Ich vergesse alles um mich herum und fühle mich einfach nur mit ihr vereint.

«Was gibt's zum Essen … Ihhh, was macht ihr denn da?»

Emils Talent, in die unpassendsten Gelegenheiten hineinzuplatzen, kommt augenblicklich mal wieder voll zur Geltung. Juli und ich lassen sofort voneinander ab. Ich fühle mich ertappt, und in Julis Gesicht kann ich ebenfalls Betretenheit lesen.

«Ich hab mich nur bei Christoph bedankt», macht sie den Versuch einer Erklärung.

«Ja, genau! … Ach so?», frage ich verwirrt, woraufhin Juli mich wieder zuckersüß anlächelt.

Ich verabschiede mich und verlasse, so schnell es geht, die Wohnung. Ich bin völlig durcheinander. Was war das denn jetzt? Vor kurzem haben die Frauen reihenweise mit mir Schluss gemacht, jetzt werfen sie sich mir reihenweise an den Hals? Oder wollte sich Juli tatsächlich nur für meine Hilfe bedanken? Kann ja sein. Bei Frauen ist alles möglich. Aber es ist ja ohnehin Pandora, die ich haben will. Oder nicht?

Als ich wenig später die Kita Kunterbunt betrete, ist es wieder verdächtig ruhig. Wie schon gestern ist weder meine Chefin noch Anita zu sehen. Vermutlich bereiten sie gemeinsam in aller Heimlichkeit eine hinterhältige Racheaktion vor. Zuzutrauen wäre es ihnen.

Plötzlich höre ich aus dem Büro doch ein leises Rascheln. Ich schleiche mich an und hoffe, Frau Hollweg bei irgendetwas Verdächtigem ertappen zu können, doch als ich die Tür aufreiße, sitzt da nur meine Kollegin Anita und schreckt auf.

«Guten Morgen!», sage ich.

«Hey, Christoph, Morgen», erwidert Anita mit matter Stimme.

«Ist die Chefin nicht da?»

«Die hat sich krankschreiben lassen.»

«Krankschreiben lassen? Was ist denn jetzt los? Nicht, dass hier noch der Schlendrian einreißt», witzle ich, doch Anita blickt mich ernst an. So ernst, dass ich beginne, mir Sorgen zu machen. «Hoffentlich nichts Schlimmes?»

«Doch. Krebs!»

Ich blicke Anita entsetzt an.

«Wie bitte?!»

«Ja, Krebs im Endstadium.»

«Ist das jetzt irgendeine perfide Vergeltungsmaßnahme, um mir die Sache von vorgestern heimzuzahlen?», stammle ich verwirrt. «Das fände ich ehrlich gesagt etwas *over the top*!»

Doch Anita scheint überhaupt nicht zu wissen, wovon ich spreche, und schüttelt nur ratlos den Kopf. Da sie nicht so wirkt, als würde sie mir etwas vorspielen, und ihr zudem das schauspielerische Talent dafür fehlt, muss ich davon ausgehen, dass das, was sie sagt, wahr ist.

«Aber ... aber sie war doch immer topfit», stottere ich. «Das wird doch wieder, oder?»

Anita schüttelt traurig den Kopf.

«Das sah nur so aus. In Wahrheit kämpft sie schon seit Jahren gegen ihre Krankheit. Mir hat sie es irgendwann mal erzählt, aber ich durfte nichts sagen. Jetzt lässt es sich nicht mehr verheimlichen», sagt Anita und kämpft mit den Tränen. «Sie ist ja schon im Hospiz.»

«Sie ist schon im Hospiz?!», rufe ich fassungslos.

«So schnell kann's manchmal gehen», sagt Anita nickend, und dann rinnen ihr die Tränen über die Wangen. «Sie ist im Hospiz Sonnenstrahl und verbringt dort ihre letzten Tage.»

Erst bin ich völlig bewegungsunfähig, dann nehme ich all meine Kraft zusammen, gehe um den Schreibtisch herum und umarme meine Kollegin. Zumindest versuche ich es, doch es will mir nicht so recht gelingen, da meine Arme schlicht zu kurz für eine komplette Umarmung ihres massigen Körpers sind.

«Sie ist eine so tolle Frau, ein so feiner Mensch.» Anita legt den Kopf auf meine Schulter und bringt die Worte nur unter Schluchzen hervor.

«Ja, das ist sie. Das ist sie wirklich», sage ich mit ergriffener Stimme, und in diesem Moment glaube ich das tatsächlich fast selbst. Im Angesicht des Todes werden wir sanft und nachsichtig.

«Sie möchte dich noch mal sehen, bevor sie geht.»

«Mich?», rufe ich erstaunt aus. «Aber unser Verhältnis war doch nie so gut. Warum will sie denn ausgerechnet mich sehen?»

«Ich soll dir das ausrichten, mehr weiß ich auch nicht … Ich ruf jetzt erst mal alle Eltern an. Wir schließen für mindestens eine Woche.»

«Ja, mach das», sage ich gedankenverloren und gehe zu meiner Gänseblümchen-Gruppe.

Den restlichen Tag über bin ich kaum ansprechbar. Der Schock sitzt mir tief in den Knochen. Die tobenden Kinder um mich herum nehme ich kaum wahr. Bis mir Jan-Frederick ein Spielzeugauto gegen die Stirn wirft.

«Jan-Frederick, ich dachte, wir sind jetzt Freunde?»

«Sind wir auch. Ist doch das kleine Auto.»

«Ach so, na dann.»

Nachmittags klingelt mein Handy. Ich weiß sofort, dass es Pandora ist, denn bei ihrem letzten Besuch hat sie offenbar heimlich an meinem Telefon herumgespielt und ihrem

Kontakt einen selbst aufgenommenen Klingelton zugewiesen. Wobei der Ausdruck Klingelton eine missverständliche Formulierung ist, denn es handelt sich vielmehr um einen Stöhnton.

«Oh, Christoph, oh, ja, das ist geil, ja, oh, oh, oooooohhh jaaaaa …»

Ich gehe ran.

«Hallo, mein Süßer, freust du dich über deinen neuen Klingelton?», fragt Pandora gutgelaunt.

«Geht», antworte ich kurz angebunden, denn eigentlich kann ich mir in dieser Situation nichts Unpassenderes vorstellen als diesen Klingelton.

«Ich ändere ihn dir wieder, wenn er dir nicht gefällt», sagt Pandora. «Ich habe gerade Mittagspause und denke an dich …»

«Das ist schön.» Ich bin gerührt. «Es ist so wichtig, dass man aneinander denkt und sich das auch sagt.»

«… und daran, wie dein Samen mir die Schenkel hinunterläuft.»

«Ähm, ach so», sage ich ernüchtert.

«Geilt es dich auf, wenn ich dir sage, dass ich es mir gerade selbst mache?»

«Neee, grad nicht so, muss ich ehrlich zugeben. Im Moment habe ich dafür überhaupt keinen Nerv. Sei mir nicht böse, ja?»

«Okay, ja. Sehen wir uns heute Abend bei mir?»

«Ja, kann aber spät werden. Ich habe vorher noch was vor.»

«Ich warte auf dich», sagt Pandora jetzt wieder mit ihrer lasziven Stimme.

Als ich auflege, bekomme ich zum wiederholten Mal ein Auto an den Kopf geworfen.

«Es ist wirklich das kleine», ruft Jan-Frederick. «Das ist das große. Schau.»

Um den Wahrheitsgehalt dieser Aussage zu untermauern, wirft er mir das große auch an den Kopf. Aua!

Pünktlich zu Dienstschluss verlasse ich die Kita und mache mich auf den Weg, meiner Chefin einen letzten Besuch abzustatten. Als Mitbringsel entscheide ich mich nach langer Suche für eine Stange Zigaretten. Etwas anderes, über das sie sich freuen könnte, fällt mir schlicht nicht ein. Schöne Schleife drum, fertig.

Vorsichtig betrete ich Frau Hollwegs Zimmer im Hospiz Sonnenstrahl und erschrecke kurz, als ich sie sehe. Sie liegt im Bett unter einer Decke mit dem Motiv «Herbstlaub», wodurch sie aussieht wie die sprechende Müllhalde aus den *Fraggles*. Ein Sauerstoffschlauch ist unter ihrer Nase entlanggeführt, und sie röchelt, was das Zeug hält.

«Herr Herrlich! Da sind Sie ja endlich!»

«Frau Hollweg! Was machen Sie denn für Sachen?»

«Setzen Sie sich. Wir haben keine Zeit für Smalltalk.»

Ich nehme mir einen Stuhl und setze mich zu ihr ans Bett.

«Ich wollte mich für die Aktion mit dem Feuerlöscher entschuldigen», sage ich mit gesenktem Kopf.

«Jetzt reden Sie keinen Quatsch, Herrlich», fährt sie mich an. «Endlich haben Sie mal ein bisschen Eier gezeigt, und dann wollen Sie sich gleich dafür entschuldigen?»

«'tschuldigung …»

«Herrlich!», rüffelt sie mich scharf.

«Äh, ich meine … Nichtentschuldigung.»

«Schon gut, hören Sie jetzt auf damit. Ich habe nur noch wenig Zeit, und die will ich sinnvoll verbringen. Ich mache es kurz: Ich habe Sie als meinen Nachfolger vorgeschlagen.»

«Mich?! Nee. Das kann nicht sein. Sie halten doch überhaupt nichts von mir.»

«Ich halte sehr große Stücke auf Sie, Herrlich. Ich hab Sie doch all die Jahre aufgebaut und gefördert.»

«Ach ja?»

«Ja, Sie sind mein Kronprinz, an Sie übergebe ich das Zepter, und Sie werden den Laden weiterführen. Es ist an der Zeit, dass Sie langsam mal erwachsen werden und Verantwortung übernehmen.»

«Aber ich …»

«Verplempern Sie nicht meine Zeit und hören Sie auf! Die Sache ist bereits entschieden. Aber um eines würde ich Sie noch bitten.»

«Natürlich, was ist es?», frage ich, zu allem bereit. Einer Sterbenden kann man schließlich nicht den letzten Wunsch abschlagen.

«Ich möchte, dass Sie auf meiner Beerdigung den Sarg tragen.»

«Ich? Alleine? Näh!»

«Jetzt reden Sie doch keinen Quatsch, Herrlich! Natürlich nicht alleine, sondern mit anderen zusammen.»

«Ach so. Ja dann …»

«Sind Sie dazu bereit?»

«Ja, okay, ich überlege es mir. Es ist ja auch noch ein bisschen Zeit bis dahin …»

«Gut», sagt Frau Hollweg zufrieden. «Die Beerdigung ist bereits organisiert. Sie findet drei Tage nach meinem Tod statt. Ciao, Herr Herrlich.»

Spricht's, schließt die Augen und erstarrt schlagartig. Erst denke ich, dass sie mich veräppelt, doch als sie sich dann sekundenlang nicht mehr rührt, bekomme ich Panik.

«Frau Hollweg? Hallo? Geht's Ihnen gut?»

Ich rüttle sie vorsichtig, doch sie zeigt weiterhin keinerlei Reaktion.

«Frau Hollweg?!»

Nichts.

Ich renne auf den Flur.

«Hilfe! Schnell! Ich glaube, hier stirbt eine! Schnell!»

Im Flur sind mindestens fünf Personen zu sehen, doch keiner der Anwesenden reagiert in meinen Augen angemessen. Man blickt mich zwar kurz an, geht dann aber weiter seiner Tätigkeit nach, sprich: mit dem Rollator weiter über den Flur schleichen, die Blumen gießen oder ein Namensschild austauschen. Eine Schwester schlendert gemächlich an mir vorbei.

«Ich komme gleich, ja?»

«Aber da stirbt jemand!»

«Das ist ein Hospiz, junger Mann. Sterben ist das, was man hier macht», sagt sie ruhig und geht weiter.

Baff blicke ich ihr nach und setze mich dann auf den Flurboden vor Frau Hollwegs Zimmer. Jetzt ist die einfach gestorben. Das kann doch wohl nicht wahr sein! Sie hätte mir wirklich noch ein bisschen mehr Zeit geben können, um mich auf die Situation einzustellen, anstatt mich so zu überrumpeln. Aber so war sie, die Frau Hollweg, Schikane bis zum letzten Atemzug.

Ich werde sie vermissen.

13

Bevor ich wie verabredet zu Pandora gehe, lege ich noch einen Zwischenstopp im Hund ein, um mich etwas herunterzukühlen und meine Gedanken zu sortieren.

Wie unerwartet und erbarmungslos der Tod mitunter zuschlägt und wie endgültig das Selbstverständliche plötzlich zu Ende ist, schockiert mich dann doch gewaltig. Und das beim Tod einer Person, die mir ganz und gar nicht nahestand. Wie schlecht wird es mir erst gehen, wenn es jemanden trifft, den ich tatsächlich mag? Zwenn oder Hendrik zum Beispiel. Oder Pandora. Oder meine Eltern. Oder Emil. Oder Juli. Nicht auszudenken.

Man macht sich zu selten bewusst, wie kostbar und kurz die Zeit auf Erden doch ist und dass man mit jedem Tag auf das unausweichliche Ende zusteuert. Auf sein eigenes wie auch auf das der Menschen um einen herum. Eigentlich müsste man sich diesen Umstand jeden Tag aufs Neue ins Gedächtnis rufen, dann würde man seine Zeit nie wieder mit Tätigkeiten oder Menschen verplempern, die einen nicht interessieren oder einem nicht guttun.

Kurzer Realitätscheck: Tue ich in diesem Moment das Richtige? – Antwort: Absolut! Biertrinken ist eigentlich für fast alle Lebenslagen die probate Tätigkeit.

Pandora empfängt mich später in einem fast durchsichtigen Nachthemdchen und umarmt mich zärtlich. Ich fühle mich sofort geborgen und bin froh, jemanden wie sie zu haben. Jemanden, der mich sieht und versteht und der in schweren Stunden für mich da ist.

«Heute war wirklich ein ziemlich mieser Tag», sage ich und will gerade ansetzen, ihr davon zu berichten, da unterbricht sie mich, indem sie mir den Finger auf den Mund legt.

«Ssschhht! Erzähl's mir morgen, ja? Jetzt entspannen wir uns erst mal.»

«Gute Idee. Entspannen, Kuscheln, Einschlafen – das ist sicherlich das Beste jetzt, ja, da hast du recht.»

Pandora blickt mich leicht belustigt an und führt mich dann in ihr Schlafzimmer. Dort wird mir sehr schnell klar, dass aus gemütlich einkuscheln und dann friedlich einschlafen nichts werden wird, denn sie hat ihr gesamtes mittelalterliches Sexspielzeug ausgebreitet und akkurat angeordnet. Zudem hat sie eine Art Schaukel aufgebaut, die sie mir mit leuchtenden Augen präsentiert. Der Funke der Begeisterung springt nicht wirklich auf mich über.

Es wird eine lange Nacht, in der ich auch erfahre, wofür die Schaukel gut ist. Was hätte ich im Nachhinein gegeben, das nicht zu erfahren? Pandora nutzt meinen durch schiere Erschöpfung geschrumpften Widerstand schamlos aus und überredet mich, dass ich mich bäuchlings auf die Schaukel lege und meine Fuß- und Handgelenke mit Lederriemchen fixieren lasse. Und dann geht's los. Pandora hat sichtlich Spaß bei ihrem Vorhaben, mir jedes ihrer mittelalterlichen Geräte eins nach dem anderen hinten einzuführen. Ich nicht so.

«Kannst du mich jetzt bitte wieder losbinden?»

«Das eine noch, okay?»

«Nein, nicht okay, ich möchte jetzt nicht mehr …

Oooooooohhhhhh, das ist viel zu groß, viel zu groß, ooooohhhhhhhh.»

«Das passt wie angegossen», sagt Pandora ganz hingerissen. «Du hast das ideale Schloss, das ich immer für meine Schlüssel gesucht habe. Christoph Herrlich, ich liebe dich!»

«Okay.»

Am nächsten Morgen habe ich tiefschwarze Ringe unter den Augen, und gehen kann ich auch kaum, denn ich habe Popo-Aua. Pandora hingegen wirkt sehr glücklich, als wir am Frühstückstisch sitzen. Sie liest mir jeden Wunsch von den Lippen ab und bedient mich von vorne bis hinten. Gut, genau genommen jetzt mehr von vorne als von hinten.

«Noch Marmelade, Schatz?»

«Sehr gerne, aber vorher würde ich doch ganz gerne noch was mit dir besprechen.»

Ich blicke sie an und nehme all meinen Mut zusammen.

«Also, ich finde es ja ganz toll, dass du so experimentierfreudig bist, Pandora, aber mir ist das alles ein bisschen zu viel. Verstehst du? Ich würde dich deshalb bitten, mir künftig keine metallischen Gegenstände mehr in meine Körperöffnungen zu stecken. Wäre das möglich?»

«Ja. Kein Problem. Wenn du das nicht magst, mache ich es natürlich nicht», sagt Pandora, kann dabei ihre Enttäuschung aber nicht wirklich verbergen.

«Wir können stattdessen ja vielleicht etwas sexuell weniger Sensationelles, dafür aber Romantischeres machen. Was meinst du?»

«Ja, super Idee», erwidert sie und gibt sich hörbar Mühe, etwas Begeisterung in ihre Stimme zu legen, was ihr aber nicht so ganz gelingen will.

«Prima», sage ich erleichtert und lächle sie an. Das wird schon.

Kurz darauf werde ich dann aber doch etwas nachdenklicher, denn mir kommt der vergangene Tag wieder in den Sinn.

«Möchtest du denn jetzt wissen, was gestern bei mir los war?»

«Na klar, schieß los.»

«Meine Chefin ist gestorben.»

«Krass. Und?», sagt sie, während sie ihre ganze Aufmerksamkeit dem Bestreichen ihres Frühstücksbrötchens widmet.

«Was – und?»

«Na, was ist noch passiert?»

«Nichts. Nur dass meine Chefin gestorben ist und ich dabei war. Sonst ist eigentlich nichts passiert.»

«Ach so», sagt sie und klingt dabei fast ein wenig gelangweilt, bemerkt das dann aber und räuspert sich. «Aber ist ja auch schon eine ganze Menge, wenn jemand stirbt.»

«Das will ich meinen», antworte ich mit zunehmender Irritation.

«Ich bin in so etwas nicht sonderlich gut», sagt Pandora nach einer Weile und lächelt mich entschuldigend an. «Ich finde in solchen Situationen nicht immer die richtigen Worte.»

«Das ist völlig okay», erwidere ich sanft. «Wer weiß schon immer das Richtige zu sagen? Und was ist das schon: das Richtige? Sag einfach, was dir in den Sinn kommt. Was dich beschäftigt. Es gibt da kein Richtig und kein Falsch.»

«Okay. Wenn du meinst? Dann mache ich das ab jetzt einfach», sagt sie zögerlich und gibt sich dann schließlich einen

Ruck. «Also mich würde interessieren, ob sie schnell kalt geworden ist.»

«Bitte?»

«Na, ob die Leiche schnell kalt geworden ist und wie lange es gedauert hat, bis die Leichenstarre eingetreten ist.»

«Das ist es, was dich beschäftigt?», frage ich, während ich versuche, mein Entsetzen so gut wie möglich zu verbergen.

«Ja. Schlimm?», fragt sie zögerlich.

«Nein, nein, gar nicht. Ich hatte ja gesagt, dass es kein Richtig und kein Falsch gibt, und das habe ich auch so gemeint!», lüge ich.

Von meinem ursprünglichen Plan, sie zu fragen, ob sie mich auf Frau Hollwegs Beerdigung begleiten könnte, nehme ich Abstand. Mich beschleicht der Gedanke, dass Pandora eventuell nicht das nötige Feingefühl für eine solche Aufgabe haben könnte. Aber was soll's, es kann ja nicht jeder alles.

Als ich nach Hause komme, treffe ich Juli am Briefkasten. Ihr Gesicht wird ganz blass und ernst, als sie mich sieht.

«Mensch, wie siehst du denn aus? Deine Augenringe gehen ja fast bis zu den Kniekehlen.»

«Danke für das Kompliment, das ich leider nicht zurückgeben kann. Du siehst aus wie das blühende Leben.»

«Ich fühle mich auch schon viel besser. Was ist los? Geht's dir nicht so gut?», fragt sie und legt mir eine Hand auf die Schulter.

«Meine Chefin ist gestern gestorben, und ich war dabei.»

«Du meine Güte, das ist ja fürchterlich», sagt Juli mit betroffener Miene. «Wie geht's dir denn jetzt? Hattet ihr ein enges Verhältnis?»

«Nein, eigentlich genau das Gegenteil, aber es beschäftigt mich trotzdem ganz schön.»

«Das kann ich nachvollziehen. Ich war auch mal dabei, als jemand in der Straßenbahn gestorben ist», sagt Juli sanft, und dann umarmt sie mich spontan. «Willst du mit hochkommen und einen Tee trinken?»

Ja, das will ich gerne, und so sitzen wir wenig später in Julis Küche, trinken Tee, und ich ringe mich schließlich zu der Frage durch, ob sie mich auf Frau Hollwegs Beerdigung begleiten würde.

«Du lädst mich zu einer Beerdigung ein? Hm, romantisch!», antwortet Juli belustigt, wird dann aber gleich wieder ernst. «Ja, ich komme mit. Kein Problem. Wann ist die denn?»

«Übermorgen.»

«Was ist übermorgen?», will Emil wissen, der verschlafen aus seinem Zimmer geschlurft kommt und sich zu uns an den Tisch setzt.

«Nichts ist übermorgen», erwidert Juli sanft lächelnd. «Wir führen ein Erwachsenengespräch.»

«Mama, ich bin kein kleines Kind mehr. Es wird langsam Zeit, dass du das begreifst, okay?»

«Ja, entschuldige», rudert Juli zurück.

«Also?», hakt Emil nach.

«Also was?»

«Mama! Was ist übermorgen?», fragt Emil, und seine Stimme bekommt einen deutlich wahrnehmbaren genervten Unterton.

«Deine Mama begleitet mich zur Beerdigung meiner Chefin», antworte ich statt ihrer.

«Okay», sagt Emil und wirft seiner Mutter einen Blick zu, der besagt: Siehste, geht doch, wo ist das Problem? «Ich komme auch mit.»

«Nein, nein», lehnt Juli ab. «Das ist, glaube ich, keine gute Idee.»

«Warum nicht?»

«Weil wir keinen Familienausflug machen, sondern auf eine Beerdigung gehen. Darum nicht.»

«Aber ich will das mal sehen. Ich war noch nie auf einer Beerdigung und kenne auch niemanden, der in nächster Zeit sterben wird.»

«Sei froh», sagt Juli und blickt mich ratsuchend an.

«Also, ich sehe keinen Grund, warum wir ihn nicht mitnehmen sollten», sage ich vorsichtig.

Juli gibt ihren Widerstand auf und lenkt ein. Emil lächelt siegesbewusst.

Nachdem wir ausgiebig Tee getrunken, dann Mittagessen gekocht und gegessen haben, ziehe ich mich in meine Wohnung zurück. Die nächsten eineinhalb Tage reagiere ich weder auf die Türklingel noch auf Anrufe. Nicht einmal auf die von Pandora, die ich erkenne, ohne auf das Display zu schauen, da ich es technisch einfach nicht hinbekomme, den Klingelton wieder zu ändern.

«Oh, Christoph, oh, ja, das ist geil, ja, oh, oh, oooooohhh jaaaaa …»

Zum ersten Mal seit sehr langer Zeit habe ich ein großes Bedürfnis danach, allein zu sein. Ich gehe auch nicht in den Durstigen Hund, sondern sitze einfach nur in meinem Sessel und starre die Wand an. Eine sehr meditative Tätigkeit, die ich jedem ans Herz legen möchte, der ein paar unverplante Tage zur Verfügung hat. Was einem da alles in den Sinn kommt, ist unglaublich. Längst vergessene Kindheitserinnerungen, verflossene Liebschaften, berufliche und private Erfolge, die man damals noch nicht so richtig einordnen und wertschätzen konnte, und vieles mehr. Zum Glück beobachtet mich niemand dabei, wie ich unvermittelt loslache oder mir plötzlich die Tränen in die Augen schießen, während ich starr auf meinem Sessel sitze, denn sonst würde ich schneller in die geschlossene Psychiatrie eingewiesen werden, als ich «Chabo! Babo! Swag!» sagen könnte.

14

Als Juli, Emil und ich am Tag von Frau Hollwegs Beerdigung auf dem Friedhof ankommen, bin ich doch etwas überrascht. Es sind deutlich mehr Menschen gekommen, als ich erwartet hatte. Auf mich hat Frau Hollweg immer wie eine große Misanthropin gewirkt, aber sie scheint ein funktionierendes Sozialleben gehabt zu haben und sogar regelrecht beliebt gewesen zu sein.

Die sechs Sargträger versammeln sich kurz vor der Begräbniszeremonie zu einer kleinen Besprechung, damit es dann, wenn es darauf ankommt, nicht zu Komplikationen kommt und jeder weiß, was er zu tun hat. Sinnvolle Sache, denke ich mir, vor allem, weil der Sarg die gigantischen Ausmaße eines XXL-Doppelbettes hat. Mindestens. Vermutlich wäre es praktischer gewesen, ihn mit einem Gabelstapler zum Grab zu fahren, anstatt ihn zu tragen. Aber das würde dem würdevollen Charakter einer Trauerfeier vielleicht ein wenig zuwiderlaufen.

Als ich die anderen Träger sehe, trifft mich fast der Schlag, denn ich kenne einen von ihnen: Hannes! Der Typ, der mir meine Inga ausgespannt, mich auf brutalst mögliche Weise aus ihrer Wohnung geworfen hat und dann auch noch Beziehungstipps von mir wollte. Das gibt's doch gar nicht. Ich hoffe inständig, dass er mich nicht erkennt, denn an diese Phase meines Lebens möchte ich nun wirklich nicht mehr erinnert werden.

«Ey, wir kennen uns doch», sind Hannes' erste Worte, als er mich sieht.

«Wir? Nee, kann ich mir nicht vorstellen», gebe ich den Ahnungslosen. Doch es wird schnell klar, dass ich diesen Standpunkt nicht lange aufrechterhalten kann.

«Na sicher. Wir kennen uns von Inga. Weißt du nicht mehr? Ich sag nur ‹kurze Leine›.» Er zwinkert mir vielsagend zu.

Ich schlage mir mit der flachen Hand auf die Stirn, die internationale Geste für «Ach so!».

«Ihr seid aber vermutlich nicht mehr zusammen, oder? Tut mir echt leid. Aber ich sag's mal so: Andere Mütter haben auch schöne Töchter.»

Hannes blickt mich verwirrt an. «Natürlich sind wir noch zusammen. Sogar verlobt seit kurzem. Und das alles wegen dir!»

«Wegen mir?»

«Ja, klar! Du hast mir doch den super Beziehungstipp gegeben! Danke dir noch mal, hat echt geholfen.» Er grinst mich an.

«Kein Ding», sage ich verwirrt. «Ist … ist sie … auch da?»

«Inga?»

«Mhm.»

«Nee, Inga ist nicht dabei. Sie kannte meine Tante auch kaum.»

«Frau Hollweg ist deine Tante?»

«Ja. War meine Tante», korrigiert er mich geknickt.

Zufälle gibt's. Aber jetzt, als er es sagt, sehe ich die erstaunliche Ähnlichkeit auch. Das fliehende Kinn, die Schweinsöhrchen, die schaufelartigen Hände. Verblüffend.

«Und in welchem Verhältnis standest du zu meiner Tante?»

«Sie war meine Chefin.»

«Deine Chefin?», fragt Hannes und kann sich vor Lachen gar nicht mehr einkriegen. «Ach, *der* Christoph bist du! Hahahahah! Meine Tante hat viel von dir erzählt. Hahahahah! Nur Gutes! Hahahahah!»

Ich blicke erst Hannes irritiert an und dann auch die anderen, die in den Chor mit einstimmen, denn sein Lachen ist hochansteckend. Es wird geprustet, schenkelgeklopft und sich gekringelt.

Ich bin heilfroh, als die Zeremonie endlich beginnt. Von der Aufbahrungshalle zur Grabstelle sind es zum Glück nur wenige Meter, die wir den Sarg tragen müssen. Doch auch diese geringe Distanz hat so ihre Tücken, vor allem, weil wir Träger alle unterschiedlich groß sind, ich mit Abstand der Schwächste bin, es mir aber dennoch so vorkommt, als würde ich das ganze Gewicht alleine tragen. Außerdem hat der Sarg eine ziemliche Unwucht, da Frau Hollwegs Fettpolster nach wie vor ein vitales Eigenleben zu führen scheinen. Selbst die kleinste Bewegung setzt Fliehkräfte von unvorstellbarer Intensität frei, und es fühlt sich eher an, als würden wir ein Wasserbett tragen statt eines Sargs. Da kann es schon mal passieren, dass man vom Weg abkommt. Gut, den anderen passiert das nicht, aber mir.

Der Sarg verpasst mir einen Schubs, ich trete in ein frisches Grab, der Boden gibt nach, ich sinke bis zu den Knien ein, der Sarg gleitet mir von der Schulter. Dadurch verlieren auch die anderen Träger das Gleichgewicht, der Sarg kommt mit zunehmender Wucht auf mich zu und rammt mich unangespitzt und vollumfänglich in den Boden.

Um auch mal das Positive hervorzuheben: Der Sargdeckel

bleibt immerhin fest auf dem Korpus sitzen, und die tote Frau Hollweg purzelt nicht heraus.

Es dauert endlose Minuten, bis ich endlich befreit werden kann. Und während ich darauf warte, bilde ich mir ein, wie sich Frau Hollweg in ihrem Sarg köstlich amüsiert und laut über mein Missgeschick lacht. Eine letzte Schikane, die sie vermutlich exakt so geplant hat.

Der Leichenschmaus findet in einer feministischen Kneipe namens Vulvakan statt. Mehr Kreativität bei der Erfindung von Wortspielen als feministische Kneipenbesitzerinnen legt eigentlich nur das Friseurwesen an den Tag (Kaiserschnitt, VorHair-NachHair, Haar-a-kiri, Haar-em, Freihair, Haarbracadabra, Adolf Hitl'hair).

Mir bleibt fast das Herz stehen, als ich den Gastraum des Vulvakan betrete. Die Inneneinrichtung ist die Kulisse meiner Albträume. Die Vagina dentata! Auch die Location hat Frau Hollweg also intuitiv genau richtig gewählt.

Es spielt eine Band, und ein Beamer projiziert zu allem Überfluss Bilder aus Frau Hollwegs Leben an die Wand. Darunter sind leider auch Urlaubsdias, die meine Ex-Chefin im Bikini zeigen. Diese Eindrücke fräsen sich tief in mein Gedächtnis ein, und ich bin mir sicher, dass sie mich noch viele Jahre lang heimsuchen werden.

Ich besorge Getränke, und dann setzen wir uns an einen Tisch in der Ecke, denn ich möchte den Tag so unauffällig wie möglich beenden und keinerlei Aufmerksamkeit mehr auf mich ziehen. Die anderen Trauergäste scheinen mich ohnehin schon für einen gemeingefährlichen Vollversager zu halten, zumindest lese ich das aus ihren Blicken heraus.

Nach einer Weile entdecke ich ein Fahndungsplakat, das

an der Wand hängt und auf dem das Gesicht von Emils Vater abgebildet ist. Ich gehe näher heran und lese den Text unter dem Foto:

Wer bringt uns den Schwanz von Till Tornado? Belohnung 5000 Euro. Wegen seiner frauenfeindlichen Aktivitäten schreiben wir – die feministische, sozialkritische und antifaschistische Organisation der AmaZornen – diesen Mann zur Fahndung aus. Es werden sowohl das Abliefern von Körperteilen als auch Hinweise bezüglich der Anschrift belohnt.

Ich versuche, Juli hinter Emils Rücken auf das Plakat aufmerksam zu machen, was bei der übergroßen Wachsamkeit des Jungen natürlich scheitert.

«Was macht ihr da?»

«Nichts», wiegelt Juli ab.

«Mama! Das Thema ist doch jetzt langsam durch, oder? Also was?»

Juli atmet resigniert aus und zeigt auf das Fahndungsplakat.

«Das ist ja Papa!», ruft Emil begeistert.

«Ssschhht!», erwidern Juli und ich im Chor.

«Es muss jetzt nicht gleich jeder mitbekommen, dass wir das feministische Hassobjekt Nummer eins kennen», sage ich.

«Warum hängt denn da ein Foto von Papa?», flüstert Emil uns zu.

«Na, steht doch da. Wegen seiner frauenfeindlichen Aktivitäten», flüstert Juli zurück. «Was meint ihr? Wollen wir uns die fünftausend Euro verdienen?»

«Nein! Wollen wir nicht», kommt es gleichzeitig aus Emils und meinem Mund.

«Schon klar. Ihr Männer müsst zusammenhalten», sagt

Juli und zuckt mit den Achseln. «Na, dann fällt Weihnachten dieses Jahr wohl etwas bescheidener aus.»

Emil verdreht wie so oft die Augen.

Und dann setzt sich plötzlich und gänzlich unerwartet Inga zu uns an den Tisch. Meine Inga! Beziehungsweise meine Ex-Inga! Ich bin ganz verdattert – und sehe vermutlich auch so aus –, zudem beschleunigt sich mein Puls schlagartig.

«Christoph, wie schön, dass wir uns wieder mal sehen!», sagt sie und strahlt mich an.

«Inga! Ich dachte, du bist gar nicht hier …»

«Hannes hat mich angerufen, und da habe ich mich schnell auf den Weg gemacht. Ich will ja schließlich deine neue Familie kennenlernen», erklärt sie lächelnd und wendet sich dann an Juli. «Hallo, ich bin Inga.»

«Hallo, ich bin Juli, und das ist mein Sohn Emil.»

«Freut mich.»

«Hallo, ich bin Christoph», plappere ich vor Nervosität völlig neben mir stehend.

«Das weiß ich», flüstert Inga mir vertraut zu und streichelt leicht über meinen Arm, was mich sofort elektrisiert und vollends aus dem Konzept bringt.

Eieieiei, da hat wohl einer die Trennung doch noch nicht so ganz überwunden, wie er es sich versucht hat einzureden. Eieieiei.

Emil und Juli beobachten uns interessiert.

«Muss ja ein Bombenauftritt gewesen sein vorhin», fährt Inga fort und grinst mich breit an.

«Ein kleines Missgeschick, wie es jedem mal widerfahren kann …», versuche ich, die Sache zu beschönigen.

Inga nickt betont langsam und zwinkert Juli dann komplizenhaft zu.

«Christoph hat eine Vorliebe für große Abgänge.»

Ich schüttle den Kopf mit einem Lächeln, das mich meine ganze Kraft kostet, und will so schnell wie möglich das Thema wechseln. Doch Inga kommt mir zuvor.

«Wir hatten mal was miteinander», erklärt sie mit verschmitztem Grinsen. «Kein großes Ding. Für mich zumindest nicht, für Christoph aber wohl schon, hm?»

Ich halte die Luft an und nehme mir vor, die restliche Unterhaltung so souverän wie es nur geht durchzustehen.

«Wir hatten gerade mal zwei Mal Sex ...», fährt Inga fort.

«Drei Mal!», grätsche ich entrüstet dazwischen und beiße mir sofort danach auf die Lippe. Mist! Souveränität sieht anders aus.

Inga blickt mich nachsichtig an, Juli überrascht und Emil mit zunehmender Besorgnis.

«... und als ich danach Schluss gemacht habe, wollte er mir einen Heiratsantrag machen. Stell sich das mal einer vor!» Sie prustet und legt dabei die Hand vertraulich auf Julis Arm.

Die lächelt höflich zurück, legt dabei aber die Stirn in Falten.

«Okay, schön, dass wir da noch mal drüber gesprochen haben», versuche ich, das Gespräch in eine andere Richtung zu lenken, doch Inga macht unbeirrt weiter.

«Er hatte sogar schon einen Ring dabei! Leider nur einen aus Plastik. Wenn man eine Frau wirklich, wirklich haben will, dann schenkt man ihr doch keinen Ring aus Plastik, oder?»

«Warum nicht?», schaltet sich Emil ein.

Inga blickt ihn ausdruckslos an. Offenbar hat sie diese durchaus naheliegende Frage nicht erwartet.

«Warum nicht, willst du wissen?»

«Ja.»

«Was ist das denn für eine Frage?», versucht sie, Zeit zu schinden.

«Eine recht einfache, finde ich», antwortet Emil selbstbewusst.

«Ich eigentlich auch», schließt sich Juli leise an.

«Ich auch!», stimme letztlich auch ich mit ein.

Inga blickt in die Runde.

«Na, da haben sich drei gefunden», sagt sie belustigt, bevor sie nachsichtig fortfährt. «Ich erkläre es euch: weil Plastik kein Edelmetall ist und demzufolge nichts wert.»

«Ja und?!» Emil scheint nur auf diesen Einsatz gewartet zu haben. «Der Ring ist doch nur ein Symbol. Es geht doch um das, was er ausdrückt, und nicht um das, was er kostet.»

«Ganz richtig», pflichte ich ihm bei.

Super erklärt. Das hätte ich auch nicht besser hingekriegt.

«Das verstehst du noch nicht. Dafür bist du noch zu jung», tadelt Inga ihn.

«Das versteht er sehr wohl. Ich habe vielmehr den Eindruck, dass du einiges nicht verstehst!», nimmt Juli ihren Sohn in Schutz.

Inga blickt sie daraufhin etwas konsterniert an.

«Und überhaupt: Warum erzählst du uns das alles?», fragt Juli.

«Äh, ich dachte, es wäre auch interessant für …»

«Nein, ist es nicht», fällt Juli ihr ins Wort. «Und es zeugt auch nicht unbedingt von gutem Charakter, wenn man sich über die ehrlichen Gefühle eines anderen so lustig macht. Vielleicht wäre ein Ring aus Gift und Galle das passendere Geschenk für dich gewesen, hm?»

Inga bleibt sichtlich die Luft weg. Sie braucht einen Moment, um sich wieder zu fangen und zu alter Gefasstheit zurückzufinden.

«Weißt du, was? Ich glaube, du bist 'ne ganz schön blöde Kuh», erwidert sie schließlich ganz undamenhaft. «Ihr passt also sehr gut zusammen.»

Dann steht sie auf und stößt mit voller Absicht Julis Weinglas um.

«Ups. Das tut mir jetzt aber leid», sagt sie wenig glaubhaft, dreht sich um und geht.

Juli kann gerade noch rechtzeitig zur Seite springen, bevor der Wein sie erreicht. Ich stehe auf und hole schnell ein paar Servietten vom Nebentisch, um die Sauerei aufzuwischen.

«Leute kennst du», sagt Juli kopfschüttelnd, nachdem der Tisch wieder trocken ist.

Ich zucke entschuldigend mit den Schultern.

Wir bleiben noch einige Minuten sitzen und beobachten amüsiert, wie sich Inga bei Hannes über uns beschwert. Der versucht tapfer, sie zu beruhigen, was ihm aber offensichtlich nicht gelingt. Inga kann schon eine ganz schöne Furie sein. Auf einmal durchströmt mich das wohlige Gefühl der Erleichterung, denn mir wird klar, dass dieses Kapitel meines Lebens nun endgültig hinter mir liegt.

15

Auf dem Heimweg legen wir noch einen kurzen Zwischenstopp im Park ein, kaufen Eis und setzen uns damit auf die Wiese.

Plötzlich bekommt Emil einen überraschten Gesichtsausdruck und zeigt in Richtung Weg. Juli und ich drehen unsere Köpfe und sehen einen Mann in Handwerkerkluft, der ein Lama an der Leine führt. Als die beiden auf unserer Höhe sind, bleibt das Lama plötzlich stehen und blickt uns an. Wir blicken zurück. Das Lama sieht uns weiter an und spitzt dann die Ohren. Der Mann streichelt und lobt das Lama, dann wendet er sich an uns.

«Da Siegfried mag eich.»

«Wir mögen den Siegfried auch», ruft Juli zurück.

«Der mag net an jeden.»

«Wir auch nicht!», stellt Juli gutgelaunt klar.

«Wollt's an mal streicheln? Dann geht's her. Der beißt net, der Siegfried.»

Wir drei blicken uns an, nicken und gehen dann zu dem Herrn mit dem niedlichen Dialekt und seinem Lama, um es vorsichtig zu streicheln.

«Der hat a Menschenkenntnis, der Siegfried. Mehr wia i. Deswegen nehm i ean au immer mit zu meine Kunden. Wenn der Siegfried seine Ohrwascheln olegt, dann mach i mit dem koane Gschäfte net. Auf an Siegfried hab i mi bis jetzt immer verlassen kenna.»

Der Siegfried schleckt jedem von uns dreien die Hände ab, was den lustigen Mann ziemlich beeindruckt.

«Des hat er no nia gmacht bei Fremden, die Händ abgschleckt. Ihr seid's scho was Bsonders, ihr drei. Geh, die mogst, die Leit, Siegfried!»

Und wie zum Beweis schleckt der Siegfried gleich noch engagierter, und wir drei lachen.

Als wir uns kurz darauf von Siegfried und seinem Herrchen verabschiedet haben und weitergehen, greift Juli nach meiner Hand, als wäre es das Natürlichste auf der Welt, und lässt sie den restlichen Weg über nicht mehr los. Ich traue mich nicht, hinzusehen oder es gar zu kommentieren, zu groß ist meine Befürchtung, dass das warme Gefühl, das nun meinen Körper durchströmt, dann wieder verschwinden könnte.

Kurz vor unserem Wohnhaus treffen wir auf Emils Freunde Anton und Lennart. Die Jungs begrüßen sich wieder mit aufwendigem Abklatschen, nur mich will wieder niemand einbeziehen, stattdessen werde ich misstrauisch beäugt.

«Hallo, Frau Sommerluke.»

«Hallo, Anton, hallo, Lennart. Wie geht's euch?»

«Gut, wir sind am Abchillen.»

«Double mega-like! Swag!», sage ich, und das bringt mir einen scharfen Blick von Emil ein.

«Wir haben jetzt die fünfte Season!», raunt Anton Emil stolz zu.

«Echt? Krass!»

«Yolo!», streue ich ein, doch mich nimmt niemand mehr wahr.

«Ja, und die wollen wir jetzt schauen», sagt Lennart.

«Anton pennt bei mir. Kannst auch kommen, wenn du willst.»

«Kann ich?», wendet sich Emil an Juli.

Die nickt.

«Wenn du morgen Mittag wieder zurück bist.»

«Super!», ruft Emil. «Ich hol nur schnell meine Sachen.»

Spricht's, rennt die Treppe hinauf, packt, kommt die Treppe wieder herunter und gesellt sich zu Anton und Lennart, die in angemessenem Abstand zu uns Erwachsenen gewartet haben.

«Tschüss, Mama!»

«Tschüss, bis morgen! Und viel Spaß!», verabschiedet sich Juli von ihm.

«Ja, danke … und tschüss, Papa», ruft er mir zum Schluss noch mit einem Zwinkern zu.

Juli sieht mich irritiert an.

«Ich glaube, das ist Emils Art, mir zu sagen, dass ich nun ein gewisses Coolness-Level erreicht habe, das zwar nach wie vor unterdurchschnittlich ist, ihn aber nicht mehr daran hindert, sich mit mir in der Öffentlichkeit zu zeigen», wage ich den Versuch einer Erklärung.

«Aha. Gut zu wissen.»

Wir winken dem Jungen hinterher, doch er dreht sich nicht mehr um.

«Und wir? Was machen wir jetzt?», fragt Juli, als die drei um die nächste Straßenecke gebogen sind.

Ihre Augen sind tief und blau und geheimnisvoll, und ich habe das Gefühl, in die dahinterliegende Welt hineingezogen zu werden. Ich kann nicht anders, als sie zu küssen, und sie lässt es nicht nur geschehen, sondern begrüßt es auch.

Dreiundfünfzig Sekunden später kommen wir knutschend durch ihre Wohnungstür und beginnen sofort, uns die Kleider vom Leib zu reißen.

«Ich bin aber keine Frau für eine Nacht», teilt mir Juli in einer kurzen Kusspause mit.

«Ich auch nicht», erwidere ich.

«Machst du das immer so?», will sie wissen, während sie mir das T-Shirt über den Kopf zieht.

«Ja», antworte ich.

Juli lacht. «Na, wenigstens bist du ehrlich.»

Weitere siebzehn Sekunden später sinken wir nackt auf ihr Bett – zuvor habe ich meinen Bob-der-Baumeister-Schlüpper unbemerkt unter ihr Bett gekickt –, und weitere drei Stunden später lassen wir erschöpft voneinander ab. Na ja, gut, vermutlich waren es nur zwanzig Minuten, aber gefühlt dauerte es viel länger.

«Hui, was war das denn jetzt?», sagt Juli außer Atem.

«Weiß auch nicht so genau», erwidere ich nicht minder atemlos und decke mich notdürftig mit einem Zipfel der Bettdecke zu.

«War bestimmt das Wetter.»

«Oder der Wein im Vulvakan.» Juli zieht mir die Bettdecke wieder weg.

«Oder meine Ausstrahlung», schlage ich betont nebensächlich vor und hole mir den Bettzipfel zurück.

«Na, jetzt wird's aber albern», sagt sie mit gespielter Strenge, lacht aber dabei.

Ich blicke sie mit ebenfalls gespielter Entrüstung an, woraufhin sie noch lauter lacht. Komisch, es fühlt sich so vertraut an, mit ihr im Bett zu liegen und Quatsch zu reden. Überhaupt nicht gezwungen oder unbeholfen.

«Was machst du eigentlich beruflich?», frage ich, nachdem ich minutenlang auf ein Clownskostüm gestarrt habe, das am Schrank hängt.

«Ich arbeite im Zirkus.»

«Als Clown?»

«Nee, als Löwe.»

«Echt?»

«Natürlich als Clown!»

«Krass.»

«Und auch in verschiedenen Krankenhäusern, in denen Kinder liegen, die es aufzuheitern gilt.»

«Da ist eine sehr lobenswerte Art, sein Geld zu verdienen», sage ich beeindruckt und wäre gerne weiter darauf eingegangen, doch plötzlich klingelt mein Handy.

«Oh, Christoph, oh, ja, das ist geil, ja, oh, oh, oooooohhh jaaaaa …»

Es dauert eine Ewigkeit, bis ich das Handy in meiner Hosentasche finde, es herausfingere und schließlich ausmache. Meine Güte, ist das peinlich.

«Kannst ruhig rangehen», sagt Juli vom Bett aus. «Ist bestimmt wichtig. Beziehungsweise dringend.»

«Nee, glaube ich nicht. Ich ruf später zurück.» Nachdem ich mein Handy zurück in die Tasche gesteckt habe, lege ich mich wieder zu Juli ins Bett.

«So, da bin ich wieder.»

«Schön, aber ich hätte da gleich mal eine Frage an dich, die wir vielleicht schon vorhin hätten klären sollen …»

«Ja?»

«Hast du aktuell eine feste Freundin? Oder etwas in der Art?»

«Ich?»

Juli mustert mich eindringlich.

«Na klar, ich. Wer sonst, haha», stammle ich. «Also, du möchtest wissen, ob ich eine feste Freundin habe? Na klar, sonst hättest du ja nicht gefragt, stimmt's? … Äh, nein, habe ich nicht.»

«Und so was in der Art?»

«Auch nicht.»

Warum ich sie in diesem Moment anlüge, weiß ich selbst nicht. Vermutlich, weil ich die Befürchtung habe, dass die Innigkeit, die momentan zwischen uns herrscht, durch die Wahrheit zerstört werden könnte. Und das möchte ich unter allen Umständen vermeiden.

«Okay, prima, dann wäre das ja geklärt. Ich habe auch keinen festen Freund», sagt Juli lächelnd. «Und was machen wir jetzt?»

«Keine Ahnung», sage ich unschuldig, streichle ihr zärtlich den Nacken und küsse sie.

Plötzlich erstarren wir, denn es ist zu hören, wie ein Schlüssel in das Schloss der Wohnungstür gesteckt und diese aufgeschlossen wird.

«Das kann nur Emil sein», flüstert Juli mir zu.

«Er sollte uns vielleicht nicht so sehen, oder?», flüstere ich zurück.

«Nein, wäre besser, wenn nicht. Versteck dich unterm Bett. Schnell.»

Ich rutsche vom Bett und bin gerade dabei, mich zu bücken, als die Schlafzimmertür aufgerissen wird.

«Mama, wo ist mein Zombie-T-Shirt?»

Kaum hat Emil den Satz ausgesprochen, da erstarrt er auch schon, obwohl sich ihm ein Anblick bietet, an den er sich eigentlich mittlerweile gewöhnt haben müsste, denn es ist ja nicht das erste Mal, dass er mich in einer kompromittierenden Situation überrascht. Aber offenbar hat er sich noch nicht daran gewöhnt, was aber auch daran liegen könnte, dass dieses Mal seine Mutter involviert ist.

«Mann! Wie oft denn noch? Dafür habe ich dir das alles nicht beigebracht!», schreit er, dreht sich um und knallt die Tür von außen zu.

«'tschuldigung, Emil», ruft Juli ihrem Sohn hinterher.

«'tschuldigung, Emil», schließe ich mich mit schlechtem Gewissen an.

Juli runzelt die Stirn.

«Was meint er mit: wie oft denn noch?», fragt Juli schließlich, während sie sich anzieht. «Mich hat er noch nie in einer solchen Situation erwischt. Dich etwa?»

«Ähm … nun ja … kann sein, dass das eventuell vorgekommen ist, ja …»

«Aha. Darüber sollten wir vielleicht bei Gelegenheit noch mal reden», sagt sie. «Aber viel wichtiger finde ich, was er mit ‹Dafür habe ich dir das alles nicht beigebracht› meint.»

«Ach das, äh … das weiß ich jetzt auch nicht.»

«Das weißt du jetzt auch nicht, aha. Dann fragen wir Emil doch einfach mal, hm?»

Juli, die mittlerweile fertig angezogen ist, öffnet die Schlafzimmertür.

«Emil! Komm mal rein bitte.»

Der Junge kommt angetrottet.

«Was gibt's?»

Juli blickt ihren Sohn streng an.

«Würdest du uns bitte verraten, was du mit ‹Dafür habe ich dir das alles nicht beigebracht› meinst?»

«Ich?» Emil mimt den Unschuldigen.

«Emil!», fährt Juli ihn in scharfem Ton an.

«Ja, schon gut», beschwichtigt sie dieser. «Nichts meine ich damit. Ist mir nur so rausgerutscht.»

Juli scheint mit dieser Antwort nicht zufrieden zu sein.

«Ich frage dich nun zum letzten Mal, Emil Sommerluke: Was hast du Christoph beigebracht?»

«Nichts! Hab ich doch schon gesagt.» Emil steckt die Hände in die Hosentaschen. Die Konversation scheint für ihn beendet zu sein.

«Okay, Emil, dann gehst du jetzt in dein Zimmer und bleibst dort so lange, bis du bereit bist, mir eine vernünftige Antwort zu geben. Verstanden? Die Übernachtung bei deinen Kumpels ist für heute gestrichen.»

«Aber die warten auf mich!», empört sich Emil.

«Dann sag ihnen, dass du nicht kommen wirst. Fertig. Und jetzt Abmarsch!»

«Aber das ist doch scheiße! Ich hab überhaupt nichts gemacht!»

Ich atme tief durch und nehme all meinen Mut zusammen.

«Also gut, ich sag's dir.»

Emil bekommt ganz große Augen, schüttelt den Kopf und formt mit den Lippen lautlos die Botschaft: «Neeeiiinnn! Tu es nicht!» Doch ich lasse mich davon nicht abhalten.

«Emil hat mit mir sein New-Man-Bootcamp gemacht, einen Kurs, der vermutlich an die Kurse seines Vaters angelehnt ist. Ziemlich sicher sogar. Mehr war nicht. Aber es ist natürlich völliger Quatsch, dass er mir dadurch etwas beigebracht hat, was zu dem geführt hat, was vorhin zwischen uns passiert ist, um es verschlüsselt und jugendfrei auszudrücken. Du weißt, was ich meine.» Ich zwinkere ihr zu, in der Hoffnung, sie mit meinem Charme milde zu stimmen.

Julis Miene bleibt versteinert.

«Das Einzige, was das New-Man-Bootcamp bei mir ausgelöst hat, ist, dass ich mir mal ein paar eigene Gedanken über mein Leben gemacht habe», ergänze ich meine Rede.

Juli sieht erst mich, dann Emil, dann wieder mich an und macht dabei einen durch und durch entsetzten Eindruck.

«Das ist nicht euer Ernst, oder?»

Sie atmet tief durch.

«Emil, geh jetzt bitte in dein Zimmer, wir sprechen später.»

«Aber, Mama …»

«Mach, was ich dir sage! Aber dalli!»

Selbst Emil scheint über die Heftigkeit des Ausbruchs etwas erschrocken und hält es offensichtlich für besser, dieses Mal nicht zu widersprechen.

«Emil kann nichts dafür. Es ist alles meine Schuld», gestehe ich.

«Genau! Es ist alles seine Schuld!», pflichtet er mir übereifrig bei.

Juli weist nur stumm mit dem Zeigefinger in die Richtung seines Zimmers. Der Junge gibt sich schließlich geschlagen und trottet davon, knallt aber seine Zimmertür so heftig zu, dass die Wände beben.

«Sei doch nicht so streng mit ihm», versuche ich, Juli zu beruhigen. «Das war alles harmlos, was wir gemacht haben, wirklich.»

«Bis eben habe ich gedacht, du bist nicht wie die anderen …» Die Enttäuschung, die aus ihrer Stimme klingt, trifft mich ins Mark.

«Bin ich ja auch nicht …»

«Nee, bist du nicht: Du bist viel schlimmer! Du ermutigst Emil nicht nur, das ganze frauenfeindliche Zeugs von seinem Vater nachzuplappern, was ich ihm im Übrigen schon mehrfach verboten habe, sondern du machst den ganzen Quatsch auch noch mit.»

«Genau genommen habe ich ja eigentlich versucht, Emil zu überzeugen, dass es falsch ist, was sein Vater so von sich gibt …», will ich mich verteidigen, aber Juli hört mir gar nicht mehr richtig zu.

«Vielleicht ziehst du dich jetzt einfach mal fertig an und gehst in deine Wohnung. Hm, wie wäre das?»

«Okay, ja, natürlich. Mache ich.»

Ich beobachte sie eine Weile, während ich mich anziehe, aber Juli würdigt mich keines Blicks mehr. Sie scheint wirklich sauer zu sein. Die Innigkeit, die noch vor wenigen Minuten zwischen uns geherrscht hat und die ich keinesfalls zerstören wollte, ist jetzt wohl erst mal futsch.

Als ich Julis Wohnung verlasse und die Treppe hinuntergehe, kommt mir Till entgegen.

«Was machst du denn hier?», frage ich erstaunt.

«Ich war gerade in der Gegend, und da dachte ich mir, hey, mach ich doch mal einen Spontanbesuch bei meinem Sohn!»

«Deine Ideen werden mit der Zeit immer besser, Till», sage ich und bin beinahe ein wenig stolz auf ihn.

«Und bei der Gelegenheit möchte ich auch mal mit seiner Mutter über eine Umgangsregelung sprechen, wie man so schön sagt.»

Ich bin wirklich baff. Meine brutale Attacke hatte also doch einen pädagogischen Effekt. Apropos brutale Attacke …

«Wie geht's dem Zahn?», frage ich schuldbewusst.

Till lächelt und zeigt mir sein weißes und jetzt wieder makelloses Gebiss.

«Alles top. Dank deiner Frau Doktor. Hammerbraut übrigens. Wir müssen uns unbedingt mal treffen und über dein *Game* reden.»

«Unbedingt!», erwidere ich, bin mir aber absolut sicher, dass wir das garantiert niemals tun werden. «Oben ist übrigens gerade etwas dicke Luft.»

«Aha, warum?»

«Nun ja, wie soll ich sagen? Es gab da so eine Art Missverständnis …»

Till nickt verständig.

«Ich erinnere mich dunkel: Juli kann sehr, sehr aufbrausend sein.»

«Ja, das kann sie.»

«Dann komme ich lieber später wieder.»

«Ist bestimmt besser», pflichte ich ihm bei.

Wir verabschieden uns, Till steigt die Treppe wieder hinab, und ich schließe meine Wohnungstür auf.

«Und immer schön Joghurt essen, ja?», rufe ich ihm hinterher. «Ist gut für die Zähne.»

Till zeigt mir den nach oben gereckten Daumen.

«Bist 'n Kumpel.»

Gutgelaunt verschwinde ich in meiner Wohnung, doch kaum habe ich die Tür hinter mir geschlossen, übermannt mich sofort wieder eine bleischwere Resignation.

Im Durstigen Hund bin ich an diesem Abend wieder alleine. Hendrik hat Brustimitatsdienst, und Zwenn besucht einen Intensivkurs zum Biersommelier, den Christl ihm zur Verlobung geschenkt hat.

Ich sitze also vor meinem Bier und denke nach. Doch ich merke bald, dass das viele Nachdenken zu wenigen bis gar keinen Ergebnissen führt. Eher habe ich den Eindruck, dass ich immer ratloser werde, je mehr ich nachdenke.

Ich habe keine Ahnung, ob ich es mit Juli nun vergeigt habe oder nicht. Ich habe keine Ahnung, wie es mit Pandora weitergehen soll. Und ich habe keine Ahnung, wo mir nach der Gefühlsachterbahnfahrt der letzten Tage überhaupt der Kopf steht. Zudem plagen mich doch ein paar Schuldgefühle wegen des Zwischenfalls auf Frau Hollwegs Beerdigung. Den Rat meiner Freunde hätte ich heute dringender denn je gebraucht.

Da die aber jetzt nicht verfügbar sind, muss ich wohl eigene Entscheidungen treffen. Bezüglich Pandora bahnt sich langsam, aber sicher die Gewissheit einen Weg in mein Bewusstsein, dass sie einfach nicht die Richtige für mich ist. Es ist oft wahnsinnig anstrengend mit ihr, hin und wieder sogar richtig nervig, wenn sie meine Grenzen partout nicht akzeptieren will. Es passt einfach nicht. Nach dem ganzen Aufwand, den Emil und ich betrieben haben, um sie zu erobern, ist diese Erkenntnis natürlich schmerzlich. Aber es ist nun mal, wie es ist.

Und Juli? Ja, Juli ist toll. Nicht auf den ersten Blick, aber je besser ich sie kennengelernt habe, desto mehr habe ich mich in sie verliebt. Ich habe mich noch nie in Gegenwart einer Frau so entspannen können und mich so zu Hause gefühlt wie jetzt mit Juli. Ich kann wirklich nur hoffen, dass sich die Sache mit ihr wieder einrenkt.

Während ich so nachdenke, merke ich, dass ich mittlerweile beim vierten Bier angekommen bin und mir langsam etwas schummrig wird. Zeit, zu gehen. Meine anderen Fragen verschiebe ich auf morgen und trinke den letzten Schluck.

«Möchtest du als Absacker noch ein Glas von meinem selbstgemachten Absinth probieren?», fragt mich Fred, als ich ihm das Geld auf den Tresen lege.

«Nein, danke, ich glaube, mir reicht's für heute», sage ich in wenig überzeugendem Ton.

«Geht aufs Haus.»

«Dann ja.»

Ich trinke das Glas in einem Zug leer. Danach weiß ich nichts mehr.

16

Ich erwache am nächsten Morgen und stelle mit Erleichterung fest, dass ich mich in meinem eigenen Bett befinde. Puh, das hätte auch ganz anders enden können. Trotz des Mörderkaters freue ich mich riesig darüber und bin zudem erleichtert, dass ich von Freds Selbstgebranntem nicht blind geworden bin.

Als ich aufstehen will, drehe ich den Kopf noch einmal kurz zur Seite und erschrecke. Da liegt jemand neben mir! Oh, oh. Nackt! Oh, oh, oh.

Ich habe einen vagen Verdacht, wer das sein könnte. Ganz weit hinten in meinem absinthgefluteten Gehirn taucht ein klitzekleiner Erinnerungsfetzen auf. Da war doch was letzte Nacht.

Ich drehe den Kopf auf die andere Seite, nehme mein Handy vom Nachttisch und prüfe die gesendeten SMS. Eine habe ich gestern tatsächlich geschrieben, und zwar an Pandora. Inhalt: *Ich will dich sehen. Jetzt! Und bring dein Werkzeug mit!*

Ich verdrehe resigniert die Augen. Das darf doch wohl nicht wahr sein! Das ist Selbstsabotage in ihrer vollendeten Form! Und schuld daran ist nur Freds selbstgebrannter Absinth, dieses Teufelszeug.

Während ich noch überlege, ob ich Regressforderungen gegen Fred stellen kann, sehe ich, dass ich eine neue Mailboxnachricht habe, und höre diese sofort ab. Es ist Juli, und sie hat mich bereits gestern Abend versucht zu erreichen.

«Hallo, Christoph. Ich bin's, Juli. Ich … ähm, wollte mich entschuldigen wegen vorhin. Als du weg warst, habe ich noch mal in Ruhe mit Emil gesprochen, und der hat alles bestätigt, was du gesagt hast, also vor allem, dass du versucht hast, ihm das ganze frauenfeindliche Zeug auszureden. Tut mir wirklich leid, dass ich dir das nicht sofort geglaubt habe. Na ja. Aber vor allem hat mir Emil erzählt, was du alles für ihn getan hast, während ich im Krankenhaus war. Besonders dein Einsatz dafür, dass Till wieder mehr Kontakt zu ihm hat. Und weißt du, was? Der stand vorhin tatsächlich plötzlich vor der Tür und hat gesagt, dass er Emil jetzt wieder regelmäßig sehen möchte und ob ich damit einverstanden wäre. Keine Ahnung, wie du das angestellt hast, aber ich finde das wirklich ganz toll von dir. Ehrlich. Vielen Dank. Das wollte ich dir nur sagen, und jetzt höre ich auf. Gerne würde ich dich bald wiedersehen. Natürlich nur, wenn du das auch willst. Okay. Wir hören und oder sehen uns. Tschüss.»

Ein wohliger Schauer läuft mir über den Rücken. Ich bin wirklich erleichtert, dass sich die Sache geklärt hat. Jetzt muss ich mir nur noch überlegen, wie es mit Pandora weitergehen soll. Doch plötzlich bemerke ich ein unangenehm stechendes Gefühl im Analbereich. Was könnte das sein? Vorsichtig lasse ich die Hand unter die Bettdecke gleiten und taste mich langsam in Richtung Unterleib vor. Bis ich auf etwas Riesiges, Metallenes stoße. Mit einem Plopp ziehe ich das Teil aus mir heraus und hole es unter der Decke hervor. Es ist der größte Dildo, den ich in meinem ganzen Leben gesehen habe. Ein Dildo aus der Hölle, der so aussieht, als wäre er geradewegs aus dem Eisernen Thron herausgebrochen worden. Blankpoliertes, schwarzes Metall. Ein Requisit, das jedem *Game-*

of-Thrones-Fan Freudentränen in die Augen getrieben hätte. Mir aber nicht.

Pandora erwacht und dreht sich zu mir.

«Morgen, mein Schatz», säuselt sie verträumt und blickt dann auf das monströse Teil in meiner Hand. «Na, soll ich noch mal?»

Ich seufze resigniert, stehe dann wortlos auf und gehe ins Bad.

Als ich wieder rauskomme, klingelt es an der Tür. Ich binde mir schnell ein Handtuch um und öffne. Vor der Tür stehen Juli, die ihr Clownskostüm trägt, und Emil.

«Oh! Guten Morgen.» Juli zwinkert mir zu.

«Guten Morgen!», erwidere ich freudig, dann sackt mir das Herz in die nicht vorhandene Hose. Ich hoffe inständig, dass Pandora im Schlafzimmer bleibt, solange Juli vor der Tür steht.

«Wir wollen nicht lange stören, ich muss ja auch gleich arbeiten», sagt Juli und wirkt dabei ein wenig nervös. «Ich wollte eigentlich nur fragen, ob du meine Nachricht bekommen hast?»

«Ja, hab ich, aber gerade eben erst abgehört. Ich wollte mich auch gleich noch melden.»

«Keine Eile», sagt Juli erleichtert. «Und dann wollten wir dich noch fragen, ob du vielleicht Lust hättest, mit uns übers Wochenende für ein paar Tage an die Ostsee zu fahren. Freunde von mir haben da ein kleines Häuschen, das wir nutzen können. Was meinst du? Emil würde sich freuen. Und ich auch.»

«Ja. Sehr gerne, klar habe ich Lust!»

«Fein. Dann sprechen wir heute Abend noch mal, ja?»

«Ja, prima, machen wir», sage ich hocherfreut. Zum einen über die Einladung, vielmehr aber noch über die Tatsache, dass der kurze Besuch so glimpflich über die Bühne gegangen ist.

Doch ich habe mich zu früh gefreut. Als Juli und Emil sich gerade zum Gehen umdrehen, tritt Pandora aus dem Schlafzimmer, schlendert splitterfasernackt, aber mit all ihren Sachen in der Hand durch den Flur und verschwindet im Bad, ohne dabei die geringste Notiz von meinen Besuchern zu nehmen.

Juli bleibt vor Schreck der Mund offen stehen.

Ich habe keine Ahnung, wie ich mich jetzt verhalten soll. Ignorieren wird wohl nicht klappen, also lächle ich sie mit dem vermutlich dämlichsten Gesichtsausdruck an, den ich aufzubieten habe.

«Ich, äh … wenn ich, äh …», ringt Juli um Worte, «wenn ich gewusst hätte, dass du Besuch hast, dann … Wow! Das überfordert mich gerade ein bisschen. Damit muss ich jetzt erst mal klarkommen.»

«Es ist nicht so, wie du denkst», sage ich und beiße mir im selben Moment auf die Zunge, denn es ist exakt so, wie sie vermutlich denkt. Scheiße. Mann, was bin ich für ein Idiot!

Juli gewinnt derweil ihre Fassung zurück und wendet sich an Emil.

«Geh wieder nach oben, ich melde mich dann von der Arbeit aus.»

«Aber Mama …»

«Nicht diskutieren, machen!»

Emil dreht sich um und trottet nach oben.

«Ciao, Christoph.»

«Tschüss, Emil.»

Nachdem sie ihre eigene Wohnungstür hinter sich hat ins Schloss fallen hören, wendet Juli sich wieder an mich.

«Christoph, es ist mir echt scheißegal, was du in deiner Freizeit machst, wir sind ja schließlich nicht verheiratet. Aber was ich gar nicht haben kann, ist, wenn man mich anlügt oder verarscht! Also, erspare uns beiden das in Zukunft, ja? Das mit der Ostsee kannst du natürlich vergessen, und ich würde dich auch bitten, zu uns vorerst keinen Kontakt mehr aufzunehmen. Okay?! Danke! Und jetzt gehe ich arbeiten und lustig sein! Haha.»

Juli dreht sich um und watschelt mit ihren überdimensionierten Clownsschuhen die Treppe hinunter.

Ich blicke ihr hinterher und kann kaum glauben, was eben passiert ist. Wie angewurzelt bleibe ich an Ort und Stelle stehen, bis Pandora fertig angezogen aus dem Bad kommt und mich amüsiert anblickt.

«Ganz schön was los bei dir. Wer war denn die Uschi?»

Ich bin unfähig, ihr eine Antwort zu geben, und rühre mich nicht von der Stelle.

«Na egal, erzählste mir heute Abend. Ich muss dann auch los.»

Dann gibt sie mir einen Kuss und geht.

Nach einem Kaffee und einem leichten Frühstück habe ich mich wieder einigermaßen gefasst und kann meine Lage analysieren. Ergebnis: Es sieht nicht gut aus. Es sieht ganz und gar nicht gut aus. Es sieht sogar richtig beschissen aus.

Ich rufe zuerst Hendrik und dann Zwenn an und bitte sie, mich zu einer Dringlichkeitssitzung zu treffen, denn ich brauche jetzt ihre Hilfe, und zwar sofort und ohne Aufschub. Diese Sache bekomme ich alleine nicht in den Griff.

Hendrik lässt sofort alles stehen und liegen und macht sich auf den Weg zu mir.

«Aber ich bringe Matthes mit.»

Als ich Zwenn erreiche, ist im Hintergrund der Lärm einer Kreissäge zu hören.

«Alter, ich bin an der Säge, ich kann jetzt hier nicht weg. Aber kommt doch her. In einer Stunde habe ich Mittag, da können wir reden.»

Zwanzig Minuten später klingelt Hendrik an meiner Tür. Bevor wir aufbrechen können, muss aber noch der kleine Matthes in meinem Wohnzimmer gestillt werden.

Es ist meine erste Begegnung mit dem legendären Brustimitat, und der Anblick ist bizarrer, als ich ihn mir in meinen lebhaftesten Phantasien hätte ausmalen können.

Schweigend und ungeduldig sitze ich Hendrik gegenüber, lausche dem leisen Schlürfen und warte, bis das Kind endlich satt ist. Natürlich darf während der Fütterung nicht gesprochen werden. Matthes ist schließlich sehr empfindlich, und es könnte sein Essverhalten nachhaltig negativ beeinflussen. Das ist zumindest die Ansicht seines Vaters.

Hendrik, Matthes und ich holen Zwenn um Punkt zwölf beim Zuschnitt im Baumarkt ab, gehen ein paar Meter zum Schnitzel-Gott und suchen uns einen Tisch. Nach der Bestellung (dreimal «Spezial») erkläre ich meine Lage. Matthes döst während meiner Erzählung in seiner Babyschale ein, und ich versuche, das nicht persönlich zu nehmen. Als ich fertig bin, blicken Hendrik und Zwenn mich mit leeren Gesichtern an. Meine Hoffnung schwindet rapide.

«Ja, weiß ich jetzt auch nicht, was man da machen kann», sagt Zwenn und zuckt mit den Achseln.

«Ich auch nicht. Ganz schön verzwickt, deine Lage», ergänzt Hendrik.

Als ich gerade alle Hoffnung fahren lassen will, fangen die Augen der beiden plötzlich an zu leuchten. Jetzt kommt bestimmt gleich die rettende Idee! Jetzt wird alles gut! Doch der Glanz in ihren Augen wird nicht von einem sich nahenden glorreichen Einfall für die Neugestaltung meiner Zukunft verursacht, sondern von dem sich nahenden Essen.

«Dreimal ‹Spezial›. Lasst es euch schmecken», sagt die drahtige Kellnerin und stellt drei Teller vor uns auf den Tisch.

«Schnitzel Spezial» bedeutet beim Schnitzel-Gott zwei Lagen paniertes Kalbsschnitzel von der Größe eines Sitzkissens, ein gefühltes Kilo Pommes, Zitrone und Heidelbeeren. Zwenn und Hendrik fallen sofort darüber her. Das nächste Wort wird erst wieder gesprochen, als alle Teller leer sind.

«Ah, herrlich!», freut sich Hendrik. «Wie bei Muttern.»

Wir lehnen uns mit vollem Bauch zurück, und dann passiert es. Anscheinend hat die Nahrungsaufnahme den Blutzuckerspiegel meiner Freunde reguliert und damit ihr Hirn wieder funktionstauglich gemacht.

«Also, pass auf! Du machst Folgendes», setzt Hendrik an und stockt dann wieder. «Wollen wir noch 'nen Kaffee trinken?»

«Ja, Kaffee wäre gut, oder?», sagt Zwenn, und ich platze fast vor Ungeduld.

«Leute, es geht hier um Leben und Tod! Tod oder Gladiolen, wie ein sympathischer Niederländer einst sagte. Könntet ihr euch also ein klein wenig konzentrieren und mir helfen? Ja? Wäre das möglich?»

«Ja, klar, sorry, machen wir», verspricht Hendrik, bestellt dann aber trotzdem in aller Seelenruhe einen Kaffee. Für sich, Zwenn und mich. Die beiden schaufeln Zucker in ihre Tassen, trinken, denken.

Und dann endlich:

«Also, pass auf!», beginnt Hendrik. «Am besten gehst du jetzt sofort zu ihr und sagst, dass das mit deiner Exfreundin ein einmaliger Ausrutscher war. Aus nostalgischen Gründen sozusagen.»

«Und dass du nur sie, also Juli, gernhast …», ergänzt Zwenn.

«Dass ich sie gernhabe?», frage ich irritiert.

«Dass du sie liebhast», schlägt Zwenn als Alternative vor.

«Das sagen Vierjährige …»

«Dass du sie liebst, dann eben!», erwidert Zwenn ungeduldig.

«Genau. Und dann einfach das, was du uns gerade erzählt hast», fährt Hendrik fort. «Deine Reue klingt doch sehr glaubhaft und authentisch.»

«Und wenn sie mir nicht zuhören will?»

«Das wird sie», ist sich Hendrik sicher, «denn du sagst es ihr mit Musik. So wie ich!»

«Auf keinen Fall!», blocke ich ab, denn mit einem Mal wird die Erinnerung an Hendriks Performance des Herzbirnbaumbandlbauerbuam-Gassenhauers «Liebesbeweis» wieder sehr lebhaft. So lebhaft, dass ich spüre, wie sich wieder ein leises Fiepen in meinem Ohr bemerkbar macht. Oh, oh, jetzt nur nicht in Stress geraten und schnell an etwas anderes denken. Das versuche ich. Nur, es passiert natürlich das genaue Gegenteil, und ich denke an nichts anderes als an diese Schmonzette: «Du hast mein Leben fest im Griff, gibst mir mehr Sicherheit als der TÜV …»

«Warum denn nicht?», reißt mich Hendrik aus meinem

Tag-Albtraum. «Ich leihe dir auch meine Karaoke-Anlage. Mit Musik geht alles leichter. Da geht den Frauen das Herz auf. Glaub mir.»

«Danke für das Angebot, aber ich denke, ich belasse es lieber beim gesprochenen Wort. Das entspricht eher meinem Charakter.»

«Wie du meinst. Ich hoffe, es funktioniert.»

«Das hoffe ich auch.»

«Aber warte damit nicht zu lange», rät Hendrik. «Sonst setzt sich das schlechte Gefühl bei ihr fest, und dann ist nichts mehr zu machen. Am besten also heute oder morgen.»

«Ab morgen ist sie für ein paar Tage an der Ostsee», fällt mir ein. «Ursprünglich hätte ich mitfahren sollen.»

Hendrik wirkt plötzlich alarmiert.

«Eine Frau allein im Urlaub? Das ist unter Umständen gefährlich.»

«Warum?», frage ich besorgt.

«Weil sich Frauen im Urlaub entspannen und ganz plötzlich offen für neue Begegnungen sind. Und dann, zack, ist es passiert», erklärt Hendrik. «Deshalb kennt die deutsche Sprache auch zahlreiche Begriffe dafür, wie zum Beispiel Urlaubsflirt …»

«Kurschatten», fügt Zwenn an und freut sich sichtlich über seinen Beitrag.

«Badebekanntschaft», fällt Hendrik noch ein.

«Sommerloch», kommt es wie aus der Pistole geschossen aus Zwenns Mund. Doch kurz danach krault er sich nachdenklich den Bart und schüttelt dann den Kopf. «Ah, nee, das war was anderes.»

«Aber du verstehst, was ich meine, ja?», fährt Hendrik fort.

«Juli wird sich doch nicht in so kurzer Zeit einen Neuen suchen?», frage ich ungläubig. «Oder etwa doch?»

«Man kann nichts ausschließen», gibt Hendrik mit sehr ernstem Ausdruck zu bedenken.

«Kann man nicht, nein», fügt Zwenn hinzu. «Da steckt man einfach nicht drin.»

Mit einem Mal durchzuckt mich eine Erkenntnis wie ein Starkstromschlag: Es besteht sofortiger Handlungsbedarf! Ansonsten ist es womöglich für immer zu spät, mit dieser Frau eine gemeinsame Zukunft zu haben.

«Worauf warten wir dann noch?!», schreie ich und springe auf. «Wir müssen sofort los!»

«Vorher müsstest du aber mit der Zahnärztin Schluss machen», bremst Hendrik meinen Übereifer aus. «Das ist zwar bezüglich der Aussicht auf günstigen Zahnersatz im Alter eine wirtschaftlich katastrophale Entscheidung, aber darum kommst du nicht herum.»

Da hat er wohl recht, auch wenn mir der Gedanke an ein so heikles Gespräch mit Pandora einen gehörigen Schrecken einjagt. Zudem ist Schlussmachen absolutes Neuland für mich. Ich weiß gar nicht, wie das geht, denn bisher war immer ich derjenige, mit dem Schluss gemacht wurde. Und ich will es ehrlich gesagt auch gar nicht lernen. Aber es muss wohl sein.

Auf dem Weg zu Pandoras Zahnarztpraxis machen Hendrik und ich kurz bei mir zu Hause halt. Ich sprinte die Treppe hinauf und klingle an Julis und Emils Wohnungstür. Nach einer Weile sehe ich am Türspion, dass sich hinter der Tür etwas tut.

«Emil! Kannst du mir sagen, wo deine Mutter heute arbeitet, bitte?»

«Ich darf nicht mit dir reden», ruft Emil durch die geschlossene Tür. «Und ich bin mir auch gar nicht sicher, ob ich dir überhaupt helfen möchte. Du hast Mama ganz schön traurig gemacht.»

«Ich weiß, und das tut mir auch aufrichtig leid. Deswegen will ich ja auch wissen, wo sie heute arbeitet, damit ich hinfahren und meinen Fehler wiedergutmachen kann.»

«Seid ihr jetzt zusammen, oder was?»

«Nein, sind wir nicht …», sage ich etwas geknickt.

«Aber?»

«Aber … ich fände es nicht schlecht, wenn wir das wären.»

«Aha.»

«Wäre es für dich denn in Ordnung, wenn es so wäre?», frage ich vorsichtig.

Stille. Ich warte einige Sekunden, doch es tut sich nichts hinter der Tür.

«Emil?»

«Ja.»

«Hast du gehört, was ich gefragt habe?»

«Ja.»

«Und?»

«Ja, wäre okay», sagt er ohne große Euphorie.

«Wirklich?», frage ich erleichtert. «Weil, wenn nicht, dann sag es, ja?»

«Ja, ist okay. Hab ich doch schon gesagt.»

«Das freut mich sehr!»

«Hm. Aber nicht, dass du dann auch einen auf Erziehungsberechtigten machst», stellt Emil klar. «Eine reicht mir.»

«Versprochen.»

«Gut. Und was ist mit Pandora?»

«Das passt nicht so mit ihr, leider.»

«Hätte ich dir auch gleich sagen können.»

«Hast du aber nicht.»

«Hättest doch eh nicht auf mich gehört.»

«Auch wieder wahr», gebe ich zu. «Emil?»

«Ja.»

«Sagst du mir jetzt bitte, wo deine Mutter heute arbeitet?»

«Ich darf nicht mit dir reden.»

«Ich weiß. Aber schreib es mir wenigstens auf einen Zettel, ja?»

«Von mir aus.»

Man hört Papier rascheln, dann das Kratzen eines Bleistiftes, dann wieder raschelndes Papier, und schließlich wird ein Zettel unter der Tür hindurchgeschoben. Guter Junge!

«Vielen Dank, Emil!»

«Ich darf nicht mit dir reden.»

«Ich weiß, bis bald.»

Während ich die Treppe hinuntergehe, blicke ich auf den Zettel, doch ich kann beim besten Willen nicht lesen, was der Junge da aufgeschrieben hat. Also gehe ich zurück und klopfe.

«Emil, ich kann nicht lesen, was du geschrieben hast.»

«Kinderklinik in der Charité! Mann!»

«Danke!»

Die Sprechstundenhilfe in Pandoras Praxis sagt mir, dass die Chefin heute Nachmittag keine Patienten mehr hat und bereits nach Hause gegangen ist. Also steigen wir wieder ins Auto und fahren weiter zu ihrer Wohnung.

Hendrik erklärt, dass er mit Matthes im Wagen warten wird, und wünscht mir viel Glück.

«Das kann ich gebrauchen», sage ich und steige aus. Das mulmige Gefühl im Bauch wird immer stärker.

Einige Minuten lang stehe ich mit schweißnassen Händen vor Pandoras Haustür, bis ich mich endlich durchringen kann zu klingeln. Mein Puls ist auf Jahreshöchstniveau.

«Christoph! Das ist ja eine Überraschung!», frohlockt Pandora, als sie die Wohnungstür öffnet. «Freut mich ja, dass du der spontane Typ bist und einfach mal so vorbeikommst.»

Sie packt mich am Handgelenk und zieht mich in die Wohnung.

«Kannst wohl nicht genug von mir bekommen, was?»

«Ich müsste mal was mit dir besprechen», sage ich ernst und mache mich vorsichtig los.

«Klar, was gibt's denn?»

Wir setzen uns in die Küche, und Pandora macht Tee. Alles an dieser Situation erinnert an den Beginn meines legendären Auftrittes in Ingas Wohnung vor einigen Wochen. Außer dass die Rollen vertauscht sind und dass das Wetter draußen besser ist.

«So, worüber möchtest du denn mit mir reden?», hakt Pandora schließlich nach, nachdem der Tee einige Minuten gezogen ist, ich aber noch keine Anstalten gemacht habe, mit meinem Anliegen herauszurücken.

Ich nehme all meinen Mut zusammen und quetsche den entscheidenden Satz schließlich aus mir heraus: «Wollen wir nicht einfach Freunde bleiben, Pandora?»

Pandora blickt mich einige Sekunden lang mit ernstem Gesichtsausdruck an und prustet dann laut los.

«Haha, sehr gut! … Klar bleiben wir Freunde», sagt sie und umarmt mich herzlich. «Freundschaft in einer Beziehung ist doch so wichtig. Wir haben jetzt sozusagen eine Freundschaft plus!»

Gut, das war jetzt nicht die erwartete Reaktion. Also unternehme ich einen weiteren Versuch.

«Was ich sagen möchte, ist Folgendes …»

Ich mache eine Pause, denn Pandoras Gesichtsausdruck erhellt sich merklich, so als würde sie etwas ganz Großartiges erwarten, etwas, auf das sie schon sehr, sehr lange gewartet hat, und das verwirrt mich dann doch etwas.

«Nee, oder?!», sagt sie ungläubig.

«Was: Nee, oder?», frage ich nach.

«Dass du die Frage aller Fragen stellst!» Pandora springt von ihrem Sitz auf. «Ist vielleicht ein bisschen früh, aber hey, was soll's: Ja, ich will!»

Sie umarmt und küsst mich überschwänglich.

Ich schiebe sie ein wenig von mir weg.

«Was willst du?»

«Heiraten! Mit dir alt werden! Schlüssel und Schloss sein!», ruft sie euphorisch. Doch nachdem sie meine versteinerte Miene bemerkt, schwindet ihre gute Laune. «Oder ist es nicht das, was du sagen wolltest?»

«Nein, genau genommen ist es nicht das, was ich sagen wollte. Was ich tatsächlich sagen wollte, ist …»

«Noch Tee?»

«Nein! Keinen Tee! Ich möchte mit dir Schluss machen! Das möchte ich dir sagen!»

Jetzt blickt mich Pandora doch ziemlich erschrocken an. Gespenstische Ruhe im Raum. In einiger Entfernung lässt jemand eine Münze fallen. Ping. Dann wieder Stille. Absolute Stille. Stille wie in der Leere des Weltalls.

«Was hast du gesagt?», fragt Pandora mit bleichem Gesicht.

«Ich möchte das, was zwischen uns ist, beenden», sage ich so gefasst, wie es mir möglich ist.

«Okay … das … das kommt jetzt ziemlich überraschend für mich», stammelt sie. «Und warum?»

Oje, jetzt wird's schwierig. In der Begründung lauern die größten Gefahren, hab ich mal gehört. Da verheddert man sich wohl ganz schnell in kleinliche Diskussionen, und schwuppdiwupp landet man in Teufels Küche oder kommt erst gar nicht aus der Beziehung heraus, was im Endeffekt auf das Gleiche hinausläuft. Deshalb möchte ich diesen Teil, so schnell es geht, hinter mir lassen und habe mir dafür einen Satz zurechtgelegt, dessen Zeit nun gekommen ist: «Es liegt nicht an dir, es liegt an mir.»

Pandora blickt mich sehr ruhig an. Dann nickt sie leicht, lächelt kurz, steht dann langsam und gefasst auf, dreht sich um, geht die zwei Schritte zur Anrichte, nimmt eines ihrer Küchenmesser von der Magnetleiste neben der Spüle und kommt damit zu mir an den Tisch zurück.

«Ist das ein japanisches Messer?», frage ich mit zittriger Stimme, denn mir schwant Böses.

«Ja, es ein Tojiro-Messer der Firma Fujitora. Der Kern aus hartem VG-10 Stahl wird von insgesamt 62 Lagen Damaststahl ummantelt. Dadurch ist das Messer besonders robust und bietet gleichzeitig Flexibilität sowie Schneidekantenstabilität bei einer Klingenlänge von 16,5 Zentimetern!»

«Ah, interessant», sage ich und freue mich über die willkommene Ablenkung, doch Pandora hat das eigentliche Thema nicht vergessen.

«Es liegt nicht an dir, es liegt an mir?! Was ist das denn für eine bescheuerte Antwort?!», brüllt sie mich so unvermittelt an, dass es mich fast vom Stuhl reißt.

Dann lässt sie das Messer niedersausen, und nur meinen einzigartigen Reflexen ist es zu verdanken, dass ich meine Hand rechtzeitig wegziehen kann, bevor sich die Spitze in den Holztisch bohrt. Ich springe auf.

«Oh, schon so spät, ich muss dann auch los, tschüss ...»

Während Pandora damit beschäftigt ist, das Messer wieder aus dem Küchentisch zu ziehen, verdünnisiere ich mich in Richtung Ausgang. Mein Herz rast, und ich stehe kurz vor einer Panikattacke. Als ich die Wohnungstür erreiche und sie öffnen will, muss ich feststellen, dass sie verschlossen ist. Aber zum Glück steckt der Schlüssel samt Bund im Schloss. Ich blicke zurück und sehe, dass Pandora das Messer mittlerweile aus dem Tisch gezogen hat und damit auf mich zukommt. Ihr Gesichtsausdruck erinnert stark an den von Jack Nicholson in *Shining*, was ganz und gar nicht zu meiner Beruhigung beiträgt.

«Wo willst du denn jetzt bitte hin?», fragt sie mit einem beunruhigenden Unterton. «Wir sind noch lange nicht fertig mit unserem Gespräch!»

«Ich glaube schon, dass wir fertig sind. Ich bin zumindest fertig. Fix und fertig. Tschüss!»

Kurz bevor mich Pandora erreicht, gelingt es mir, die Tür aufzusperren, sie zu öffnen und nach draußen zu schlüpfen. Dort angekommen, schließe ich sie schnell wieder und halte sie zu. Pandora rüttelt von innen heftig daran.

«Mach die verdammte Tür auf und stell dich wie ein Mann!»

«Nö.»

Dann kehrt schlagartig Ruhe ein. Ich halte den Türgriff nach wie vor fest umklammert und warte. Nachdem sekundenlang nichts passiert, nähere ich mich mit einem Ohr der Tür und lausche. Nichts.

Plötzlich knallt es laut, und die Klinge des japanischen Tojiro-Messers bohrt sich pfeilschnell durch das Holz. Nur wenige Zentimeter neben meinem Kopf. Ich erschrecke so sehr, dass ich den Griff loslasse und sofort die Flucht ergreife. Ich renne die Treppe hinunter und stürze ins Freie. Nur noch wenige Schritte über die Straße, dann bin ich zurück in Hendriks Opel Zaphira und damit in Sicherheit.

Doch kaum habe ich den Bürgersteig verlassen, springt Hendrik aus seinem Wagen und wedelt mit den Händen. Die Wiedersehensfreude scheint groß zu sein bei ihm. Ich winke zurück. Doch halt! Ist das wirklich Freude auf seinem Gesicht oder vielmehr Angst und Besorgnis? Aber warum? Ich hab doch alles überstanden. Während ich darüber nachgrüble, dringen laute Geräusche in mein Bewusstsein.

MÄÄÄÄPPP! MÄÄÄÄPPP!

Ich drehe den Kopf zur Seite und sehe wenige Meter vor mir die Frontseite eines Lieferwagens und hinter dessen Windschutzscheibe das erschrockene Gesicht des Fahrers. Leider bleibt mir keine Zeit mehr, um zu reagieren. Eine Hundertstelsekunde später erfasst mich der Lieferwagen mit beeindruckender Wucht.

RUUMMMMSSSS! QUIIIEEEETSCH!

Ich denke noch: Scheiße, das hätte es jetzt auch nicht unbedingt gebraucht.

Und dann wird alles schwarz.

17

Zwei Stunden später liege ich in einem Krankenhausbett. Mein rechtes Bein sowie mein linker Arm sind eingegipst, zudem wurde eine leichte Gehirnerschütterung festgestellt. Ansonsten habe ich aber glücklicherweise keine Verletzungen davongetragen.

Hendrik – mit dem kleinen Matthes auf dem Arm – und Zwenn betreten den Raum und blicken mich besorgt an.

«Mensch, Christoph, was machst du denn für Sachen?», ruft Zwenn, als er meine Gipsverbände sieht. «Du musst doch immer gucken, wenn du über die Straße gehst.»

«Danke, ich werde das beim nächsten Mal berücksichtigen», antworte ich gepresst, denn mein Brustkorb schmerzt noch von der unsanften Berührung mit dem Lieferwagen.

«Der Arzt sagt, dass du sehr großes Glück hattest. Das hätte auch ganz anders ausgehen können», bemerkt Hendrik vorwurfsvoll.

«Ja, ich weiß, aber ist ja noch mal gut gegangen.»

«Du musst immer gucken, wenn du über die Straße gehst», wiederholt Zwenn noch einmal, wohl um sicherzugehen, dass ich es auch wirklich kapiere.

«Ja, mache ich ab sofort.»

«Wir haben übrigens gesagt, dass wir deine Brüder sind», informiert mich Hendrik, «sonst hätten sie uns ja gar nicht hier reingelassen. Also, wenn dich jemand fragt, sagst du, wir sind deine Brüder, okay?»

«Alles klar, mach ich, Bros! Chabo, Babo, Swag!»

Zwenn und Hendrik sehen mich irritiert an.

«Ach, ich hab mich nur gerade an etwas erinnert», sage ich gedankenverloren und seufze. «Das mit Juli habe ich jetzt wohl verbockt. Ab morgen ist sie im Urlaub. Da lernt sie mit Sicherheit einen ganz tollen Typen kennen, und mich wird sie nie wieder anschauen.»

Hendrik nickt nachdenklich. Dann scheint ihm etwas einzufallen.

«Wo arbeitet die heute noch mal?»

«Kinderklinik in der Charité.»

«Die ist doch gleich nebenan!»

«Ja, stimmt. Und noch dürfte sie nicht Feierabend haben», sage ich, und meine Laune bessert sich schlagartig.

«Wenn du willst, schieben wir dich da einfach rüber», schlägt Zwenn vor.

«Das würdet ihr machen?»

«Das würden wir machen!»

«Operation Schmetterling» beginnt bereits wenige Minuten später. Während Hendrik die Stationsschwester in eine angeregte Diskussion über multiresistente Keime verwickelt, nutzt Zwenn den kurzen Moment der Ablenkung und schiebt mich in meinem Krankenbett unbemerkt am Schwesternzimmer vorbei in den Fahrstuhl. Matthes liegt derweil tief und fest schlafend auf meiner Brust.

Das Schwierigste ist damit geschafft. Zur Absicherung unseres Unternehmens hat sich Zwenn noch zwei weiße Kittel gemopst. Meine Freunde ziehen diese an und wirken damit hochoffiziell.

Die beiden schieben mich mit Matthes und dem Krankenbett über den Campus, bis wir schließlich die Kinderklinik erreichen. Am Empfang bringt Hendrik in Erfahrung, auf welcher Station sich der Clown momentan befindet. Antwort: 4, HNO.

Als wir dort ankommen, sehen wir durch einen Türspalt bereits Juli, den Clown, beim Jonglieren. Drei Kinder starren sie mit offenen Mündern an und applaudieren.

Wir schleichen weiter und finden ein Zimmer, das nicht vollständig belegt ist. Ein achtjähriges Mädchen liegt im Bett, löffelt gelangweilt Eis und blättert in einem Pferdemagazin.

«War der Clown schon da?», fragt Hendrik.

Das Mädchen schüttelt den Kopf. Kurz darauf werde ich in den Raum geschoben und neben der jungen Dame abgestellt, was der aber so gar nicht in den Kram zu passen scheint.

«Ich bin Privatpatientin mit Einzelzimmeranspruch», sagt sie missmutig.

Ich lächle so freundlich, wie ich kann.

Doch sie lächelt nicht zurück.

«Außerdem ist das 'ne Kinderklinik!»

«Und?»

«Du bist doch kein Kind mehr», stellt das Mädchen fest.

«Nicht?»

«Nein.»

«Na, das sag mal meiner Mutter!»

Offenbar hat sie den Eindruck, ich würde mich über sie lustig machen, zumindest verbarrikadiert sie sich hinter ihrer Pferdezeitschrift.

«Wir warten draußen und holen dich danach wieder ab, ja?», verabschiedet sich Zwenn, während Hendrik mir Matthes abnimmt. «Viel Glück!»

«Danke, das kann ich gebrauchen.»

Ich warte. Die Minuten vergehen, und nichts passiert. Aus purer Langeweile entschließe ich mich dazu, mit meiner Zimmernachbarin doch noch mal ein Gespräch zu beginnen und den nicht ganz so optimalen Beginn unserer Bekanntschaft etwas zu korrigieren.

«Ich bin übrigens der Christoph. Und du?»

«Ich nicht», sagt sie, ohne von ihrer Zeitschrift aufzublicken.

«Knallerantwort! Du bist mir richtig sympathisch.»

Jetzt huscht doch ein leichtes Lächeln über ihr Gesicht.

«Ich bin die Marie.»

«Hallo, Marie. Warum bist du hier?»

«Mandeln. … Du?»

«Arm und Bein.»

Sie nickt wissend, und dann geht auch endlich die Tür auf, und Juli, der Clown, kommt herein. Sie fängt gerade an zu jonglieren, doch dann sieht sie mich, erstarrt, und die Bälle fallen zu Boden.

«Äh.»

Ich reagiere wie immer geistesgegenwärtig. «Es ist jetzt nicht so, wie du denkst.»

«Christoph? … Ähm, was machst du hier? Und was ist mit deinem Arm und deinem Bein passiert?»

«Kleiner Unfall, nichts Weltbewegendes», wiegle ich ab und werde dann etwas feierlicher. «Ich bin aber nicht deswegen hier, sondern weil ich dir etwas sagen möchte.»

Marie hat die Pferdezeitschrift sinken lassen und sieht mich mit erwartungsfroh glänzenden Augen an.

«Ja?», hakt Juli nach, nachdem ich meine Kunstpause vermutlich etwas zu sehr ausgedehnt habe.

«Also, ich möchte dir sagen, dass ich ein Idiot war ...»

Juli nickt zustimmend.

«Sehr richtig.»

«... weil ich dir verschwiegen habe, dass es doch so eine Art Freundin in meinem Leben gab. Bis vor kurzem.»

«Bis vor kurzem?»

«Ja. Wir haben uns getrennt. Also, ich habe mich getrennt, und sie fand das wohl irgendwie ... doof ... aber egal, das will ich jetzt gar nicht sagen.»

Ich bemerke, dass Marie mittlerweile ihr rosafarbenes Handy hervorgeholt hat und meinen Monolog filmt. Das macht mich ein klein wenig nervös, und ich muss mich sehr konzentrieren, damit ich nicht den Faden verliere, denn das Wichtigste kommt ja erst noch.

«Ich möchte sagen: Es tut mir wahnsinnig leid, dass ich dich in diesem Punkt angelogen habe und auch – ganz besonders – dass ich mit Pandora Sex hatte, nachdem wir beide schon ... du weißt schon. Das war wirklich nur ein einmaliger Ausrutscher und ist auf den verdammten Absinth zurückzuführen. Aber ich will mich da auch gar nicht rausreden. Ich hab Mist gebaut, und es tut mir leid. Punkt.»

Juli nickt anerkennend, und ich hole Luft für den letzten Teil meiner Rede.

«In der kurzen Zeit, in der wir uns jetzt kennen, durfte ich erfahren, was für ein großartiger, liebevoller, zärtlicher, kluger Mensch du bist ...»

Juli nickt selbstzufrieden.

«... und vor allem bist du jemand, in dessen Gegenwart ich ganz ich selbst sein kann», fahre ich fort. «Jemand, der mir Energie gibt und sie mir nicht nimmt, jemand, mit dem man sogar auf eine Beerdigung gehen kann, ohne dass es sich merkwürdig anfühlt. Kurz gesagt, bist du der Mensch, mit dem ich zusammen sein möchte, so oft es geht, und zwar für sehr lange Zeit. Und wenn du das auch möchtest … dann äh, möchten wir es beide … So, das war's.»

«Wow, das hast du schön gesagt», lobt mich Juli sichtlich angetan nach einigen Sekunden. «Du könntest direkt Schriftsteller werden.»

«Echt? Findest du? Hab ich mir auch schon mal gedacht», antworte ich geschmeichelt.

Juli lächelt mich an, beugt sich dann zu mir herunter und will mich küssen, doch ich schiebe sie ein Stück zurück.

«Was ist?», flüstert sie zärtlich.

«Die Nase», sage ich zaghaft. «Könntest du wenigstens vorher die Nase abnehmen? Ich habe nämlich Angst vor Clowns. Das wollte ich dir auch noch sagen. Da kann man sicherlich mit einem guten Therapeuten dran arbeiten, und das werde …»

«Ssschhht!»

Juli legt mir den Finger auf die Lippen, nimmt Nase und Perücke ab, und dann küsst sie mich. Hach! Ist das schön!

«Eigentlich müsste ich dich noch viel länger zappeln lassen …», unterbricht Juli unseren Kuss und will den Abstand zwischen uns wieder vergrößern. Doch ich ziehe sie sanft zu mir zurück.

«Ja, eigentlich ist das schon richtig. Aber ich bin doch verletzt!»

«Oooohhhh!», bekundet Juli lautstark ihr Mitgefühl, und kurz darauf stimmt auch Marie mit ein.

«Ja, ja, macht euch nur lustig über mich», sage ich und sehe dann, dass meine Zimmergenossin mit ihrer Handykamera immer noch voll draufhält.

«Das stellst du aber nicht ins Internet, damit das klar ist.»

«Und wie ich das ins Internet stelle!», antwortet Marie selbstbewusst, kommt noch ein Stückchen näher ran und fängt an, Regieanweisungen zu geben.

«Und jetzt noch mal küssen! Aber mit Zunge! Schöne Kreisbewegungen machen, ja? Und bitte!»

18

Drei Wochen später bin ich ein Internetstar. Marie hat den Clip mit Juli und mir tatsächlich bei YouTube hochgeladen, und er wurde dort bisher bereits 300 000-mal geklickt. Mit jedem Klick kassiert Marie Werbeeinnahmen. Glücklicherweise hat sie sich bereit erklärt, die Hälfte davon an Juli und mich abzutreten, was immerhin 1500 Euro sind.

Wir spenden das Geld an die Kita Kunterbunt, und ich kaufe davon Bastelmaterial, eine neue Schaukel und Farbe, um die vergilbten Wände neu zu streichen. Es ist quasi mein Einstandsgeschenk, denn es ist tatsächlich so, wie Frau Hollweg – Gott hab sie selig – vor ihrem Tod verkündet hat: Ich werde zum neuen Leiter der Einrichtung berufen, und natürlich nehme ich dieses verlockende Angebot an. Nicht nur wegen der 25 Euro mehr im Monat.

Die Elternabende muss ich dennoch weiterhin alleine bestreiten, zumindest bis wir die durch meine Beförderung nun offene Stelle neu besetzt haben. Meine Kollegin Anita weigert sich nämlich beharrlich, diese Aufgabe zu übernehmen. Ihre Begründung: Sie hat Angst vor Menschenansammlungen. Sogar ein Attest hat sie mir für diese abenteuerliche Behauptung vorgelegt, und so bleibt mir nichts anderes übrig, als die Situation zu akzeptieren.

Emil und sein Vater sehen sich wieder öfter. Tillmann Hopfenrieder meldet sich tatsächlich wie vereinbart regelmäßig bei seinem Sohn, um mit ihm «Quality Time» zu verbringen. Das Ganze klappt erstaunlich gut, wie mir Juli hin und wieder berichtet. Was ich ihr dabei verschweige, ist die Tatsache, dass ich ein wenig nachhelfen musste. Bevor Till überhaupt auf die Idee kommen konnte, nachlässig zu werden, habe ich ihm ein Foto des Fahndungsplakats im Vulvakan gezeigt, mit dem dezenten Hinweis, dass ich dort anrufen werde, sollte er Emil noch ein einziges Mal enttäuschen. Seitdem gibt es keinerlei Probleme mehr. Im Gegenteil: Till entwickelt sich langsam, aber sicher zu einem verantwortungsvollen und treusorgenden Vater.

Hendrik und Doris haben den Schock, den ihre kurzzeitige Trennung verursacht hat, überwunden, seitdem nie wieder ein Wort darüber verloren und sind glücklich wie eh und je.

Zwenn und Christl kann ich jetzt immer sehen, wenn ich Lust darauf verspüre, denn sie ziehen doch nicht wie befürchtet weit raus aufs Land, sondern übernehmen den Durstigen Hund. Fred, der vorherige Pächter, musste auf einmal dringend einen Nachfolger suchen, weil ihm seine geheime Absinth-Destillerie um die Ohren geflogen ist und sein Wohnhaus und das des Nachbarn gleich mit. Seitdem wird im Durstigen Hund das leckere Christl-Bräu ausgeschenkt, Zwenn veranstaltet Bierseminare und arbeitet nur noch halbtags an der Säge.

Pandora habe ich nach meiner folgenreichen Flucht aus ihrer Wohnung bisher weder wiedergesehen noch gesprochen, und ehrlich gesagt habe ich darauf auch gar keine gesteigerte Lust. Ich wünsche ihr aber von ganzem Herzen aus der Ferne, dass sie bald das passende Schloss für ihre Schlüssel findet.

Und Juli und ich? Tja, was soll ich sagen? Es läuft! Die geplante Reise an die Ostsee haben wir zwar vorerst abgesagt, weil ich mich nicht vernünftig bewegen kann, wir werden sie aber garantiert bald nachholen. Und in der Zeit bis dahin werde ich gehegt und gepflegt und umsorgt und liebkost. So kann es weitergehen! Für immer!

Na ja gut, eine Sache gäbe es schon, die ich beanstanden könnte, das will ich gar nicht verhehlen. Wie immer, wenn man seinen wunden Punkt preisgibt, wird dieses Wissen irgendwann vom Partner eiskalt ausgenutzt. Juli ist damit ziemlich früh dran, denn jedes Mal, wenn ihr etwas nicht passt oder sie etwas erreichen will, wogegen ich mich anfangs sträube, zieht sie ihr Clownskostüm über und behält es so lange an, bis ich schließlich nachgebe. Sogar nachts. Unglaublich, oder?

Tom Liehr
Nachttankstelle

Uwe Fiedler ist 38, chronisch migränekrank und ein netter Langweiler. Sein Leben ist eine einzige Übergangslösung, die Karriere stagniert auf niedrigstdenkbarem Niveau: Er schiebt Nachtschichten an einer Tankstelle. Aus praktischen Gründen lebt Uwe noch mit seiner Exfreundin zusammen, doch die will das nicht mehr. Und dann lernt Uwe zwei Menschen kennen, die sein Leben von Grund auf ändern: Jessy, die mysteriöse Tresenkraft einer Neuköllner Gardinenkneipe, und Matuschek, ein Hedonist sondergleichen. In Jessy verliebt er sich, Matuschek wird sein Mentor – und leider auch ziemlich schnell sein Rivale.

Eine tragikomische Geschichte voller Sprachwitz, Eloquenz und lässig-scharfer Beobachtungen.

384 Seiten

«Tom Liehr hat ein Händchen für Geschichten. Er erzählt mit Hingabe, leidenschaftlich, mit Liebe zum Detail und emotionalen Wendungen.»

Westdeutsche Allgemeine Zeitung

Ro 319/1

MIX
Papier aus verantwortungsvollen Quellen
FSC® C083411

Das für dieses Buch verwendete Papier ist FSC®-zertifiziert.